戦争の時代と夏目漱石

明治維新150年に当たって

小森陽一

かもがわ出版

まえがき

２０１８年は、１８６８年秋に「明治」と改元してから１５０年に当たりました。安倍晋三政権は、「明治１５０年」を記念するという枠組で、「戦前」「戦中」の「大日本帝国」と、第二次世界大戦で敗北した後の「日本国」とを、連続した国家体制として描き出そうとする「日本会議」と一緒に、官民一体の国家的祝祭を実行しようとしていましたが、十分には成功しませんでした。

そして第１９７回国会の所信表明演説の末尾近くにおいて、「憲法審査会において、政党が具体的な改正案を示すことで、国民の皆様の理解を深める努力を重ねていく」と、自民党としての憲法改悪案を、国会の憲法審査会に出すことを宣言しました。行政の長である内閣総理大臣が、立法府である国会に、憲法改正に踏み切ることを命令すること自体、明らかな憲法違反です。

もちろん安倍首相の最大のねらいは、「陸海空軍はこれを保持しない」という戦力不保持と、「国の交戦権はこれを認めない」という交戦権の否認を宣言した日本国憲法９条２項のあとに、新たな項を加え、「自衛隊」の存在を明記するというところにあります。２０１５年９月19日に強行採決された戦争法としての「安全保障法制」で、「自衛隊」は世界中でアメリカ軍といっしょに軍事行動ができる組織に変質させられました。したがって「自衛隊」という３文字を憲法９条に書き込むことは、９条２項を無効化することになるのです。

アメリカからの一貫した強い９条改憲の要求はもとより、「自衛隊」を「日本軍」にすることは、安倍首相の母方の祖父岸信介が主導した政治路線を忠実に引き継ぐものです。岸は鳩山一郎をかついで民主党を結成し、「アメリカから押しつけられた憲法を変えて、日本軍を保持し、真の独立国となろう」という「押しつけ憲法論」を主張しました。そして改憲のために必要な3分の2以上の議席を獲得するために、自由党との保守合同をおこない、「自由民主党」を１９５５年11月15日に結党しました。その岸信介が首相であった１９６０年に、日米安全保障条約が改定され、現在の日米軍事同盟の基本形態が結成されたのです。

岸信介は東京帝国大学卒業後農商務省に入り、１９３１年に戦争を遂行するための重要産業統制法を立案して実施することで、軍部の「統制派」と結びついた官僚の中心となります。１９３１年９月18日の柳条湖事件からいわゆる「満州事変」が始まり、32年に偽「満州国」が樹立されました。「統制派」とは、財閥や国家官僚と一体となって総力戦体制を作ろうとした陸軍省や参謀本部の幕僚将校のグループです。そして5年後の１９３６年工務局長を辞めた後、岸は「満州国」に渡り「満州開発五カ年計画」を満州国総務部次長として実行します。

そして、岸は１９３９年に商工省に次官として復帰し、１９４１年10月東条英機内閣の商工相となり、軍産官一体の戦争国家体制づくりの中心を担うのです。

戦後A級戦犯容疑者として巣鴨プリズンに入りますが、アメリカ側から使える元官僚として認められ、A級戦犯の死刑が執行された翌日の１９４８年12月のクリスマスイブに釈放され、政界に復帰し、先に述べた日米安保改定にいたるのです。

「満州事変」は、「関東軍」が国家そのものを支配するにいたる過程にほかなりません。その軍産官一体の体制に、安倍晋三政権も突き進もうとしているのです。「満州事変」の発端は、南満州鉄道株式会社という国策企業と関東軍が密接不可分に結びついたところにあります。その現場を夏目漱石と共に歩き、見聞することで、この国のこれまでの１５０年と、これからのあるべき方向について、考えてゆくというのが、これから始まる旅の主な目的です。その過程で、私としては初めて本格的に論ずる『満韓ところどころ』をはじめ、漱石の関連作品を改めて読み直すことによって、漱石の「戦争の時代」に対する批判的精神が見えてくるはずです。

〈注記〉

＊「満州国」「満州帝国」の表記については、中華人民共和国ではこれを認めていないが、ここでは、歴史的用語として使用した。

＊夏目漱石の著作の引用については、現代仮名遣いに改め、ルビを減らした。

戦争の時代と夏目漱石—明治維新150年に当たって◆もくじ

第三章 『満韓ところどころ』を旅する——89

第一章

『満韓ところどころ』を読む

2代目の旧大連ヤマトホテル（現大連賓館）

まず、なぜ『満韓ところどころ』という題名なのか、ということからお話を始めましょう。漱石は１９０９（明治42）年９月２日から10月14日まで中国東北部（旧満州）と朝鮮を旅行しました。その紀行文なのです。朝日新聞に同年10月21日から12月30日まで掲載されました。私はこれまで一度も『満韓ところどころ』について論じてこなかったのですが、今回、覚悟を決めて、あえてその全体像について論じることにしました。

これは、旧満州を植民地化する上で拠点になった南満州鉄道第２代総裁の中村是公（ぜこう）から、漱石が招かれての旅なわけです。ですから、権力的な旅だということは明らかで、漱石の大日本帝国の植民地主義に対する態度の甘さについては、繰り返し韓国や中国の研究者から批判的な指摘がなされてきました。私もそのとおりだと思いつつ、でも何か漱石らしい文学的な表現がこの文章のなかにないのだろうか、とずっと考えてきて、少しはそれについてお話しができそうかなと思ったので、今回の旅でそうすることにしたのです。

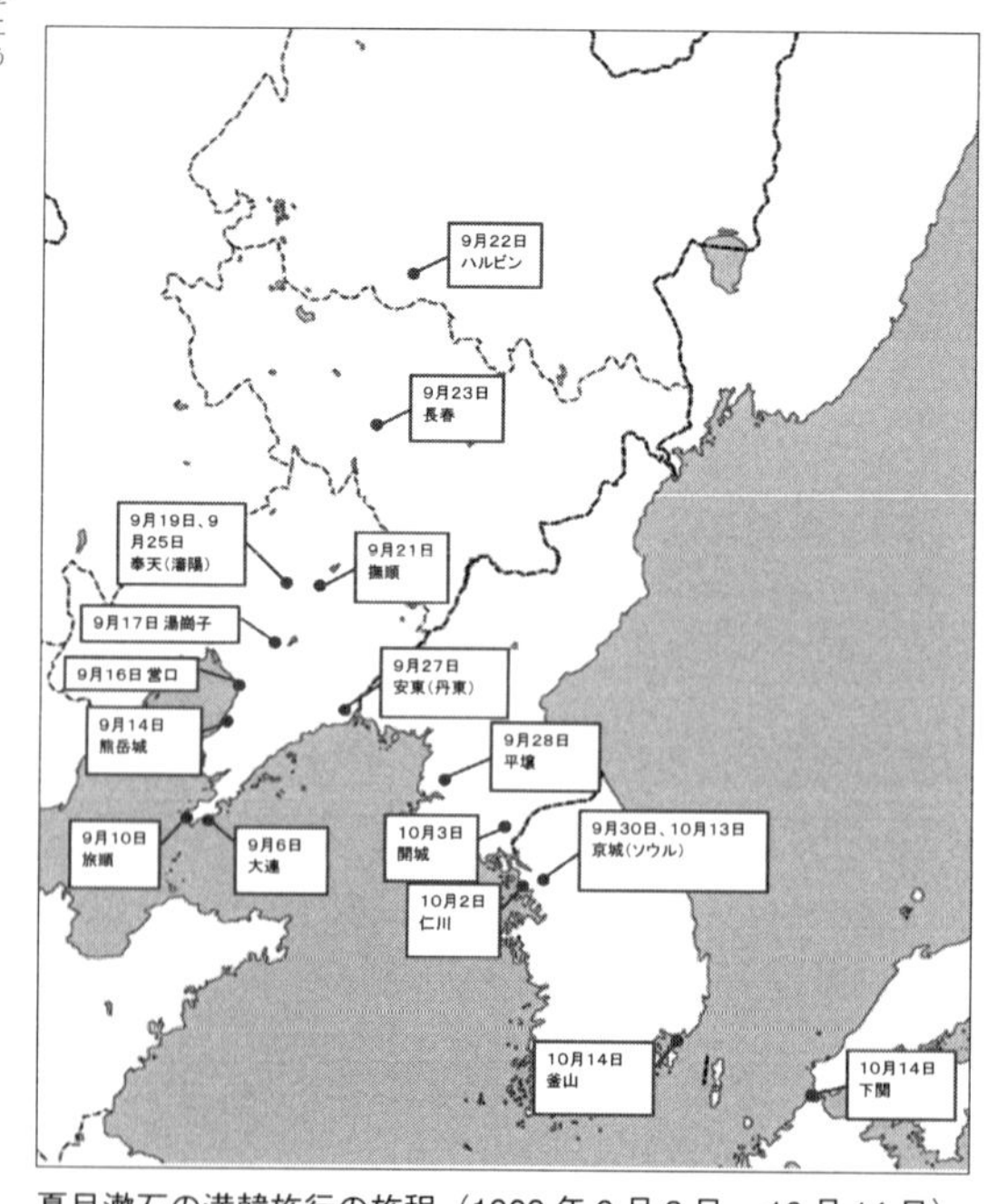

夏目漱石の満韓旅行の旅程（1909年９月２日～10月14日）

（1）なぜ「韓」は書かれなかったのか

『満韓ところどころ』それ自体の中身については次節でお話ししますが、その出発点として、「満韓ところどころ」なのだから「満」の体験を書いたら「韓」についても書かなければならないのに、満州の叙述だけでピタッとやめて、なぜ韓国については書いていないのか、ということについてまず考えてみたいと思います。そこには、さまざまなだまし討ちや裏切りをおこなって韓国をなし崩し的に植民地化していった日本の外交に対して、漱石夏目金之助が強い批判意識を持っていたからではないのか、というのが私の仮説です。

もちろん、そのような主張を前面にだして書いてしまったら、当時の状況では発禁処分になるわけですし、もう小説は書けなくなってしまう可能性がありました。例えば、陸軍軍医総監であった森鷗外でさえも、男性同士の性的な関係にふれる『キタ・セクスアリス』（1909・7）という小説を、漱石の「満韓」旅行と同じ年に書いて、発禁処分になっている、そういう時代です。そこで、改めて、小説家夏目漱石の小説の書き方、小説の戦略と現実認識がどうなっていたのかを、考えていきたいと思います。

漱石が、『満韓ところどころ』を満州だけでやめてしまって、次に何を書いたかというと、第二章で詳述する『門』という小説です。この小説は、野中宗助（そうすけ）と御米（およね）という結婚6年目の下級官吏の日常生活を書いた小説であり、ほとんど事件はおこりません。主人公の宗助が京都帝国大学に通っていたときに、友人安井の愛人だった御米を彼から奪い取った、そういうスキャンダルがあったらしいということがおぼろげに分かるような書き方です。しかしこの小説は、新聞連載小説という書き方においてきわめて戦略的なのです。そして、『満韓ところどころ』に「韓」を書かなかった漱石の意思が、『門』という小説の書き方のなかに見え隠れしていると思えてならないので、その一端をお話しします。

『門』という小説には、宗助の弟で小六（ころく）という人物が最初から出てきます。彼は叔父さんのところに世話になっていたのですが、叔父さんが亡くなってその息子の代になり、高等学校を卒業して東京帝国大学に進学する年なのですが、もう学費は出せないと言われます。兄である宗助は責任をとってもらいたいと小六から要請されています。しかし、宗助にはそこまでのお金の余裕がありません。そこで、小六がある秋の日曜日、自分の将来についてどうしたらよいかと、宗助夫婦のところに相談にきたときのことです。夕食を食べ終わって、小六が話題を提供します。

【「時に伊藤さんもとんだ事になりましたね」と云い出した。宗助は五六日前伊藤公暗殺の号外を見たとき、御米の働いている台所へ出て来て、「おい大変だ、伊藤さんが殺された」と云って、手に持った号外を御米のエプロンの上に乗せたなり書斎へ這入（はい）ったが、その語気からいうと、むしろ落ちついたものであった。

「あなた大変だって云う癖に、ちっとも大変らしい声じゃなくってよ」と御米が後から冗談半分にわざわざ注意したくらいである。その後日ごとの新聞に伊藤公の事が五六段ずつ出ない事はないが、宗助はそれに目を通しているんだか、いないんだか分らないほど、暗殺事件については

平気に見えた。】

『門』が始まる秋の日曜日の5、6日前の新聞記事のことを思い出して、御米は夫宗助に対してした質問を小六に向かってもう一回聞きます。

【「どうして、まあ殺されたんでしょう」と御米は号外を見たとき、宗助に聞いたと同じ事をまた小六に向って聞いた。

「短銃（ピストル）をポンポン連発したのが命中したんです」と小六は正直に答えた。

「だけどさ。どうして、まあ殺されたんでしょう」

小六は要領を得ないような顔をしている。宗助は落ちついた調子で、

「やっぱり運命だなあ」と云って、茶碗の茶を旨そうに飲んだ。御米はこれでも納得ができなかったと見えて、

「どうしてまた満州などへ行ったんでしょう」と聞いた。

「本当にな」と宗助は腹が張って充分物足りた様子であった。

「何でも露西亜（ロシア）に秘密な用があったんだそうです」と小六が真面目な顔をして云った。

御米は、「そう。でも厭（いや）ねえ。殺されちゃ」と云った。

「おれみたような腰弁は殺されちゃ厭だが、伊藤さんみたような人は、哈爾賓（ハルピン）へ行って殺される方がいいんだよ」と宗助が始めて調子づいた口を利いた。

「あら、なぜ」

「なぜって伊藤さんは殺されたから、歴史的に偉い人になれるのさ。ただ死んで御覧、こうはいかないよ」

「なるほどそんなものかも知れないな」と小六は少し感服したようだったが、やがて、

「とにかく満州だの、哈爾賓だのって物騒な所ですね。僕は何だか危険なような心持がしてならない」と云った。

「そりゃ、色んな人が落ち合ってるからね」

この時御米は妙な顔をして、こう答えた夫の顔を見た。】

妻の御米がくり返し「どうして殺されたんでしょう」と聞いているのに、弟の小六がその問いにきちんと答えてないということはお分りですね。御米が聞いているのは、英語でいうと分かりやすいのですが、「Ｗｈｙ」、つまり殺された理由なのです。小六が答えたのは「Ｈｏｗ」、「短銃(ピストル)をポンポン連発したのが命中したんです」ということ、つまり殺害の手口です。だから小六は基本的に、御米の質問には答えていないわけです。でも、議論がだんだん伊藤博文が殺された理由に進んでいって、最後に宗助は、「そりゃ、色んな人が落ち合ってるからね」と言います。

ここで重要なことは、漱石が、どれだけ新聞小説の読者の意識を考えながら、この場面を書いているのかということです。

まず、「宗助は五六日前伊藤公暗殺の号外を見たとき」とあります。そうするとこれは、伊藤博文

が暗殺された日にまず号外が出て、その後ずっと新聞記事になっていて、1909年10月25日に伊藤がハルビン駅頭で安重根（アン・ジュングン）に射殺されてから5、6日たった日曜日ということになるわけですから、1909年10月31日という特定の日曜日がせり出してくるわけです。『門』という小説は、1910年の3月1日から連載が始まりますから、新聞読者は、それまでの4カ月前の記憶をよみがえらせればいいわけです。くず屋さんに新聞を売ってなければまだ押入れの奥のほうに積んであったりして、引き出そうと思えば引き出せなくはない時点なわけです。

伊藤博文

安重根

伊藤博文をハルビン駅頭で射殺した安重根の裁判で死刑判決が出たのは、その3月1日の2週間前の2月14日なのです。裁判は終わっていますから、新聞は連日、裁判で、安重根がどのような理由で伊藤博文を殺したのかについて報道していました。「伊藤博文の15の大罪」という見出しがついた記事なども出て、韓国を植民地化する手を伊藤がうってきて、最終的には軍隊も解体して属国にしようとしていることが、日々の新聞記事で、明らかにされていたのです。

いま引用したところは、『門』の連載が始まって1週間目ぐらいですが、死刑判決を受けた安重根の死刑が執行されるのが3月25日、伊藤博文が暗殺された10月25日の月命日です。

この『門』という連載小説の、新聞の掲載面の前後には、御米が聞いている「どうして、まあ殺されたんでしょう」という理由が毎日のように書かれ続けているわけです。ですから、ほとんどすべての新聞読者は、「こういう理由なんだよ」「伊藤博文はずっと、韓国を植民地化するためにやってきたんだよ」と、御米に教えたくてしょうがなくなるはずです。

くり返し言いますが、伊藤博文暗殺の号外が出たのは10月25日の夜です。これは後でも紹介しますが、漱石は、その号外に即反応して、「満州日日新聞」に投稿しているのです（第二章参照）。その記事はまだ夏目漱石全集には載っていない、埋もれていた記事です。その記事を発見して小説に書かれたのが黒川創さんです。現在刊行されている新しい『漱石全集』（岩波書店）の第二十六巻に、収録されることになっています。２０１３年に黒川さんが書かれた『暗殺者たち』という一冊にこの記事の内容がまとまっています。このなかには、夏目漱石や安重根、暗殺者と呼ばれていたアナーキストなどさまざまな人たちが、この時期にどのようにかかわっていたのかが書かれています。

ですから、夏目漱石は『門』という小説のなかで、日本が韓国とのさまざまな外交的な約束事を反故にして、韓国にたいする戦略的な属国化をロシアと結びながら手をうってきた、それがロシア通だった伊藤博文の役割だということを、何気ない問いからはっきりと分かるように小説に書き込んでいるわけです。しかもそれは、最後に、宗助夫婦が裏切った、満州に行ってしまった安井という男の記憶がどのように二人によみがえってくるのか、というところまでしっかりと仕掛けがしてあるのです。

つまり、漱石夏目金之助という小説家は、当時の言論状況のなかで可能な限り、読者が新聞を読んで得てきた情報を、自分の書いている小説とのかかわりで記憶のなかからよみがえらせてもらう、当時の言論状況のなかでは書けないところは読者に補ってもらう、そうした読者と連携した小説の書き方を開発していった。そして、それを、もっとも神経を使いながら周刊におこなったのが、『満韓ところどころ』の連載をパタッとやめて書き始めた『門』という小説なのではないかと私は思うのです。そのあたりを、実際におこった出来事と漱石の小説の関わり合いのなかでどのように展開されているのかについてお話ししていきたいと思います。

（2）『満韓ところどころ』から見える満州経営の実相

「南満鉄道会社っていったい何をするんだい」という問い

『満韓ところどころ』をお読みになった方は、夏目漱石の何とはない旅行記だなと思われた方も少なくないと思います。しかし、実際には、きわめて意識的に書かれたものであるということを見ていただけたらと思います。

すでにお話ししましたように、本来は、朝日新聞との約束でも、中村是公との約束でも、『満韓ところどころ』、つまり満州から韓国にかけての旅行記を連載するということだったのですが、満州だけで終わっています。それも意識的であったということが、この紀行文の冒頭と末尾を見ていただくと、その枠組みが見えてくると思います。

『満韓ところどころ』の冒頭には、こうあります。

【南満鉄道会社っていったい何をするんだいと真面目に聞いたら、満鉄の総裁も少し呆れた顔をして、御前もよっぽど馬鹿だなあと云った。是公から馬鹿と云われたって怖くも何ともないから黙っていた。】

つまり漱石は、「南満」すなわち南満州鉄道株式会社が何を目的とした企業かということを、後藤新平という明治政府の中心に存在した政治家から任務を引き継いだ、２代目の総裁にあたる中村是公に真面目に聞いているわけです。しかし、総裁は「御前もよっぽど馬鹿だなあ」と、口を濁すわけです。ここに、南満州鉄道株式会社がどのような国策企業なのか、という大きな問いがあるわけです。

末尾がどうなるかというと、こうです。

【撫順（ぶじゅん）は石炭の出る所である。そこの坑長（こうちょう）を松田さんと云って、橋本が満州に来る時、船中で知己（ちかづき）になったとかで、その折の勧誘通り明日行くと云う電報を打った。汽車に乗ると西洋人が二人いた。朝早いので、客車内で持参の弁当か何か食っていたが、撫順に着いたら我々といっしょに汽車を降りた。出迎えのものが挨拶しているところを聞いて見ると、そのうちの一人は奉天（ほうてん）の英国領事であった。】

撫順炭鉱（露天掘り）、日露戦争後日本はロシアから利権を獲得し，南満州鉄道が経営した

つまり、奉天はその後、日本の軍事的な拠点が置かれるところですが、そこの英国領事と同じ汽車で行き、宴会もやっています。宴会を終えた後、『満韓ところどころ』というエッセイはどのように終わるかというと、撫順の石炭を掘っている坑内に下りて行くわけです。

【食後は坑内を見物することになった。田島君という技師が案内してくれた。入口で安全灯を五つ点して、杖を五本用意して、それを各自に分けて、一間四方ぐらいの穴をだらだらと下りた。】

この撫順の炭鉱も南満州鉄道株式会社が経営しています。つまり、この旅は、そうとは明確にしないまま、満鉄の総裁中村是公が夏目漱石に答えなかった、南満州鉄道株式会社とは「何をする」会社なのか、という問いかけへの答えが全部示されているわけです。

しかも、末尾に奉天の英国領事が出てくることと連動して、もう少し後でお話ししますが、胃をわるくした漱石が、先に行ってしまった是公の後から追って行くことになるのですが、そこでも満州の副領事と同じ船に乗ります。つまり、イギリスの領事館関係者と漱石が船と鉄道に同乗するというところで始まって終わるわけです。これは何気ないエッセイのように見せかけながら、1902年に大英帝国と日英同盟を結んだ後の日露戦争に勝利した大日本帝国の来し方行く末を叙述するという、きわめて小説的な構成をもっているということが分かります。

純粋に鉄道だけでいうと、旅順から長春までを南満州鉄道といい、長春から奉天まで行くと北満州鉄道になります。しかし、南満州鉄道はそれまでロシア帝国が所有していたのを、日露戦争によって日本が運営権を獲得したのです。鉄道会社としての名前を持ちながら、「南満州鉄道株式会社」という会社は、国家と直結した軍産官複合独占企業体であり、帝国主義政策遂行の全体を支えている異種産業複合企業体であるということが、分かる人には分かるという構成になっています。

「クーリー」に見る人身売買

このエッセイについては、韓国や中国の漱石研究者の方たちが、「あの夏目漱石が、なぜこのような文章を書いたのか。きわめて植民地主義的な感受性とまなざしに満ち溢れているではないか」という批判をしていらっしゃいました。例えば「クーリー」という言葉がくり返し出てきます。漢字で「苦力」と書いてルビが打ってある場合と、直接カタカナ書きで「クーリー」と出くる場合があります。この「クーリー」が、どこにどのような形で出てくるのかということも、実はこのエッセイの注目のしどころなのです。それは、南満州鉄道株式会社が、どういう会社なのかを明らかにしているからです。

漱石は1902年にロンドンに留学しています。イギリスのビクトリア女王は、19世紀の間は「名誉ある孤立」という政策をとっていました。つまり、他の国とはいっさい同盟関係を結ばない。一国で世界支配ができるというのが、七つの海を支配した大英帝国の一つの誇りであり、軍事外交路線の基本だったわけです。

漱石の『吾輩は猫である』の第1回目にも、車屋、人力車夫、満州ではクーリーと言われている肉体労働者が出てきます。その車屋の飼い猫である「黒」は、みんなから同盟を結ぶことを敬遠されている「同盟敬遠主義者」だと言われていることです。この「同盟敬遠主義」というのが、大英帝国が19世紀の間、七つの海を支配する世界帝国だったときの「名誉ある孤立」政策と深く結びついているわけです。つまり、「車屋の黒」はもしかしたら大英帝国の比喩なのかもしれない、そういう設定になっています。

ちなみに、『吾輩は猫である』は、「吾輩は猫である。名前はまだ無い。」と始まります。そして、最後の一文は、「生涯此教師の家で無名の猫で終る積りだ」と、無名の猫としてこのまま苦沙弥先生の家で生きていく、ということになっています。ある意味でいえば無名性、名前がつけられていないということを誇りにしているのです。

他の猫には名前が付いています。車屋の猫は「黒」、代言人つまり弁護士の家の猫は「三毛」で、軍人の家の猫は「白」です。猫の名前はそのまま猫の毛の色なわけで、そのことを吾輩は「猫の皮膚の色」と言ってます。苦沙弥先生の顔は黄色で、吾輩の毛の色も、黄色にヒョウのような黒の斑点がある。9章まで読んでみると、苦沙弥先生には「あばた」があって、苦沙弥先生の肌の色と吾輩の肌の色は実は同じだ、という絶妙な設定になっています。肌の色で人種差別をする世界が人間世界にはありました。そしてそれは、「苦力」=クーリーという名前に象徴される奴隷制的労働と不可分に結びついていたわけです。

奴隷制をなくすということが、19世紀の先進国の文明化への一つの証しだと言われていました。1833年にイギリスが世界に先駆けて奴隷制を廃止し、それに前後するようにアメリカ北部やフランスその他の白人の国においても、奴隷制が廃止されていきます。そのことが分かる一幕が『満韓ところどころ』の2章にあります。
1章で、漱石は中村是公と「馬関」から出発する予定でした。馬関というのは下関の古い言い方です。山陽鉄道が1898（明治31）年に下関まで開通することによって、下関駅となりましたが、それまでは馬関と言われていました。中村是公と漱石は、馬関という古い駅名で落ち合うはずだったのです。しかし漱石は、「急性胃カタール」になって一緒に行けなくなってしまい、遅れて行くことになります。それで、二章は、船に乗ると関係者から「総裁とご一緒じゃなかったのですか」と言われ続けるのです。

【小蒸気を出て鉄嶺丸の舷側を上るや否や、商船会社の大河平さんが、どうか総裁とごいっしょのように伺いましたがと云われる。船が動き出すと、事務長の佐治君が総裁と同じ船でおいでになると聞いていましたがと聞かれる。船長さんにサルーンの出口で出逢うと総裁と御同行のはずだと誰か云ってたようでしたがと質問を受ける。こうみんなが総裁総裁と云うと是公と呼ぶのが急に恐ろしくなる。仕方がないから、ええ総裁といっしょのはずでしたが、ええ総裁と同じ船に乗る約束でしたがと、たちまち二十五年来用いなれた是公を倹約し始めた。】

ここでも、南満州鉄道会社とはどのような会社なのかという問いが出てくるわけです。そこで漱石が一緒になるのが、犬を抱いたイギリス人の男です。

【ありゃ何ですかと事務長の佐治さんに聞くと、え、あれは英国の副領事だそうですと、佐治さんが答えた。副領事かもしれないが余には美しい二十一二の青年としか思われなかった、これに反して犬はすこぶる妙な顔をしていた。もっともブルドッグだから両親からしてすでに普通の顔とは縁の遠い方に違いない。したがって時にこいつだけを責めるのは残酷だが、一方から云うと、また不思議に妙な顔をしているんだからやむをえない。この犬はその後大連に渡って大和ホテルに投宿した。そうとはちっとも知らずに、食堂に入って飯を食っていると、突然この顔に出食わして一驚を喫した。固より犬の食堂じゃないんだけれども、犬のほうで間違えて這入って来たものと見える。もっとも彼の主人もその時食堂にいた。主人は多数の人間のいるところで、犬と高声に談判するのを非紳士的と考えたと見えて、いきなりかの妙な顔を胴ぐるみ脇の下に抱えて食堂の外に出て行った。その退却の模様はすこぶる優美であった。彼は重い犬をあたかも風呂敷包のごとく安々と小脇に抱えて、多くの人の並んでいる食卓の間を、足音も立てず大股に歩んで戸の外に身体を隠した。その時犬はわんとも云わなかった。】

ここは、「何とも言わなかった」と「わんとも云わなかった」を落語的にかけています。声にだして読んでみると、落語仕立てになっていたり、いろいろな駄洒落もでてきますから、ご自分で試してみてください。

ここで大事なことは、イギリスの副領事が、これから大連に行くわけですから大連駐在の副領事かもしれませんが、大和ホテルの食堂に入ると、ブルドッグが追っかけて入ってきた。お客さんたちが騒いでいるので、副領事はさっと犬を拾い上げ、脇にかかえてドアの外にでたのです。ここでは、ブルドッグという犬の品種改良がイギリスでおこなわれていたこと、そのブルドッグをイギリス副領事の若者が連れていたということが、分かる人には分かります。

ブルドッグの「ブル」は雄牛という意味です。これは、牛とたたかわせるために、13世紀ぐらいから、大英帝国の前身であるイギリスで人間がつくりだした犬の品種です。日本では牛と牛をたたかわせる闘牛がありますが、大きな牛の鼻に咬みついて倒すという賭け事としての「闘犬牛」です。

ヨーロッパでは、人間はみな平等なのだから、肌の色が黒いからといって、馬や牛といった家畜のように扱ってはいけないという奴隷制解放の機運が、フランス革命やアメリカの人権宣言の影響が各地に広がるなかで生まれ、1833年にはイギリスで奴隷制度廃止法ができます。

それと連動して、家畜も大事にしなければならないという動物愛護の考え方も生まれてきます。それで、イギリスでは1835年に、「闘犬牛」の催しは禁止されます。そこから、ブルドッグを牛に咬みつかせる凶暴な犬ではなく、おとなしい犬にする品種改良が始まるわけです。

これは意識的に設(しつ)えられたエピソードではないかと、私は思います。つまり、大英帝国はフランス革命やアメリカ独立戦争以降、奴隷制を廃止し、人間同士の差別や人身売買をなくそうとしてきた。なのに、満州ではどうだったのか、ということが四章に出てきます。大連の港に着いたところですが、カタカナ書き「クーリー」が出てきます。


【船が飯田河岸(いいだがし)のような石垣へ横にぴたりと着くんだから海とは思えない。河岸の上には人がたくさん並んでいる。けれどもその大部分は支那のクーリーで、一人見ても汚らしいが、二人寄るとなお見苦しい。こうたくさん塊(かたま)るとさらに不体裁(ふていさい)である。余は甲板の上に立って、遠くからこの群集を見下しながら、腹の中で、へえー、こいつは妙な所へ着いたねと思った。そのうち船がだんだん河岸に近づいてくるに従って、陸(おか)の方で帽子を振って知人に挨拶をするものなどができて来た。宣教師のウィンという人の妻君が、中村さんが多分迎えに来ておいででしょうと、笑いながら御世辞を云ったが、電報も打たず、いつ着くとも知らせなかった余の到着を、いくら権威赫々(けんいかくかく)たる総裁だって予知し得る道理がない。余は欄干(らんかん)に頬杖(ほおづえ)を突きながら、なるほどこいつはどうしたものかな、ひとまず是公の家(うち)へ行って宿を聞いて、それからその宿へ移る事にでもするかなと思っているうちに、船は鷹揚(おうよう)にかの汚らしいクーリー団の前に横づけになって止まった。止まるや否や、クーリー団は、怒った蜂の巣のように、急に鳴動(めいどう)し始めた。その鳴動の突然なのには、ちょっと胆力(たんりょく)を奪われたが、何しろ早晩地面の上へ下りるべき運命を持った身体(からだ)なんだから、しまいにはどうにかしてくれるだろうと思って、やっぱり頬杖を突いて河岸(かし)の上の混戦を眺めていた。】

南満州鉄道株式会社が拠点とする大連港に着きますが、そこはクーリーの集団が待ち構えているわけです。クーリーは荷物を運ぶだけではなく、人力車も引いています。いったん船を下りたところです。

【じゃホテルの馬車でと沼田さんが佐治さんに話している。河岸の上を見ると、なるほど馬車が並んでいた。力車(りきしゃ)もたくさんある、ところが力車はみんな鳴動連(めいどうれん)が引くので、内地のに比べると

はなはだ景気が好くない。】

ここは、先の「クーリー団が鳴動した」ということに引っ掛けて「鳴動連」と呼んでいるわけです。そして、その「力車」（日本では人力車）について、「内地のに比べるとはなはだ景気が好くない」と、日本のことを思いださせています。そもそも人力車というのは、日本の明治時代の数少ない人を馬の代わりにした発明品でした。しかし、『満韓ところどころ』が発表されている時期、東京をはじめとする大都市では、街路電車が街の交通を担うことによって人力車が急速に姿を消していました。

ここでは、「ホテルの馬車に乗りますか」と馬車を紹介されましたが、とても汚い。なぜか。

【露助（ろすけ）が大連を引上げる際に、このまま日本人に引き渡すのは残念だと云うので、御叮嚀（ごていねい）に穴を掘って、土の中に埋めて行ったのを、チャンが土の臭（におい）を嗅（か）いで歩いて、とうとう嗅ぎあてて、一つ掘っては鳴動させ、二つ掘っては鳴動させ、とうとう大連を縦横（たてよこ）十文字に鳴動させるまでに掘り尽くしたと云う評判のある、——評判だから本当の事は分らないが、この評判があらゆる評判のうちでももっとも巧妙なものと、誰しも認めざるを得ないほどの泥だらけの馬車である。】

港にたむろしている泥だらけの馬車は、ロシアが大連を支配したときに使っていたものだが、日露戦争後に勝利した日本側が入ってきて、日本人には使わせないということで土に埋めたものを掘り出してきたから汚いんだ、そういう噂がたっていたわけです。馬車は大連を中心とするロシアの満州経営を象徴する交通機関だったのです。ここであえて馬車と人力車を並列させているところが、漱石の文明批評的な表現として大事なところなのです。

人力車が明治日本の数少ない発明品の一つなのはなぜかというと、無血開城して東京になった江戸もふくめて、日本の大都市はすべて城下町でした。日本の武士の戦争の仕方からして、城を高台に建ててその周りに城下町が形成されていったわけですが、そこは敵軍がいっせいに攻め込んでこられないように、曲がり角の多い細い道にしてありました。ヨーロッパの街づくりとは根本的に異なっていたわけです。

安政五箇国条約で港を開いて欧米列強とのかかわりが始まりますが、日本の大都市で明治維新後に馬車を走らせることは不可能でした。日本で最初に馬車を走らせることができる道は、開港した港のすぐそばにつくられました。今でも横浜には「馬車道」という道が地名として残っています。東京で最初に馬車を走らせることができたのは、いま銀座といっているあたりです。ですから、日本の大都市の道はもともと、武士が一頭の馬に乗ってようやく通れるような狭いつくりでしたので、二頭立ての馬車を走らせることはできませんでした。それで、道路が拡張されるまでの代用交通機関として、人間が引く人力車を発明したわけです。

坪内逍遥が明治18年から19年にかけて発表した『当世書生気質（とうせいしょせいかたぎ）』の冒頭で、いま東京で一番多いのは人力車夫と書生である、だから自分はこの小説を書くのだと宣言しています。この、坪内逍遥の状況設定の仕方は、明治維新後の日本の格差社会のあり様を明確に表しています。

つまり、書生というのは、薩長藩閥政権のもとで、九州や中国地方から、政権の偉い人たち、そのまた部下の手づるをたどって東京に出てきた若い人たちです。そこで偉い人たちの屋敷で肉体労働で奉仕しながら、学校に行かせてもらって勉強し、その人脈を使って役人になったりする、そういう立身出世をめざした若者たちなわけです。

それに対して、人力車夫は、人間が馬の代わりに車を引く労働者です。ひと一人乗せて車を引張るにはそれなりの体力が必要ですから、江戸の貧民とか関東地方の貧農が引いたのだとお思いでしょうが、そうではありません。明治の中頃になりますと、人力車夫は都市の最下層の人たちの職業の代名詞になりますが、初期段階の人力車夫の多くは、江戸幕府を最後まで支持し、戊辰戦争で薩長藩閥政権側に破れた、たとえば会津の藩士といった人たちが中心でした。ですから、人力車夫と書生という対比には、明治という新しい時代の「負け組」と「勝ち組」の対比があったわけです。

そして、明治維新後の日本が本当に文明国なのかどうかが決定的に問われる事件が、明治の初期段階におこります。みなさんも、子ども向けの歴史書などで読んだことがあるかもしれませんが、「マリア・ルース号事件」です。南米のペルー船籍の「マリア・ルース号」という船が、日本付近で難破します。日本がその難破船を助けてみると、多くの中国人の苦力を積んでいました。先進国はすでに奴隷制を廃止していましたが、ペルーはまだその「番外地」だったので、中国の苦力を仕入れて売るという人身売買をしていたわけです。

それで、この海難事故に伴って、日本の裁判官が、これは奴隷貿易禁止条約違反だという判決をだそうとしたら、ペルーのマリア・ルース号の船長が、何をいってるんだ、日本だって人身売買をしてるではないかと反論しました。廓（くるわ）の女郎たちを人身売買しているではないか、それをどうするのか、ということで大問題になるのです。

日本においては、明治になっても公然と人身売買がおこなわれ、売春をやらせていたのですが、これを機に「貸し座敷制度」に改めました。この人たちは誰かに身売りをして、その買主のために性的な交渉をさせられているのではなく、自由意志で売春をやっているのだ。その女性たちに売買春をする場所を提供しているのが「貸し座敷制度」なのだという理屈です。まさに、国家が容認した欺瞞的な性的な人身売買の売春制度です。それを、周辺の国家に向けては、この人たちは自由意志の売春婦ですよと言いくるめる、そういうことが明治という時代の始まりの時期におきていたわけです。

ですから、満州の中心地大連の港では、クーリーの人身売買が容認されていたということです。かつて、日本にとって近代国家に成りえているかどうかをめぐる試金石だったのに、日本が帝国主義戦争の日露戦争に勝って支配権を握った段階にもかかわらず、港についた瞬間、クーリーがたむろしている。しかも、そのクーリーの人力車と馬車とが対比されている。「貸し座敷制度」が導入された際、女郎たちの廓への借金は、彼女たちが「牛馬」同然だという理由で無かったことにされたのです。日本の近代化をめぐって、欧米列強並みに文明化したのかどうなのかというときに、19世紀前半の人権宣言に基づいたあり方ではなく、帝国主義戦争によって占領したところでは、人身売買であろうが何であろうがかまわないという現実になっている。それも実は、欧米列強が植民地でやっていたことなのですが。その姿が、この四章の先ほどご紹介したところで、漱石はみごとに浮き彫りにしていると思います。そしてその後も、満鉄が経営しているホテルや宴会場では、暗黙の売買春がおこなわれている場面が繰り返しでてくるのです。

総合的な植民地経営の始まり

さて、漱石はヤマトホテルへ案内されるのですが、そこに入る前の設定が重要です。

【書体からいうと、上海辺で見る看板のような字で、筆画がすこぶる整っている。後藤さんも満州へ来ていただけに、字が旨くなったものだと感心したが、その実感心したのは、後藤さんの揮毫ではなくって、清国皇帝の御筆であった。右の肩に賜うという字があるのを見落とした上に後藤さんの名前が小さ過ぎるのでつい失礼をしたのである。後藤さんも清国皇帝に逢って、こう小さく呼び棄てに書かれちゃたまらない。えらい人からは、滅多に賜わったり何かされない方がいいと思った。】

左の端に小さく「南満州鉄道会社総裁後藤新平」と書かれた書き物が飾ってあります。これも意味深長です。つまり、後藤新平は漱石が招かれた南満州鉄道の初代総裁ですが、その後藤新平に清国の皇帝がこの書を与えている。つまり、建前とし

当時の面影を残すヤマトホテル（大連賓館）

では清国皇帝から南満州鉄道の支配権を認めてもらった、ということになっているわけです。しかし実態は、清朝はアヘン戦争以来、欧米列強から軍事的に食い物にされつづけ、末期的な状況になっていました。その清朝皇帝が国の支配者だということを建前として守っている、という書き物なのです。もちろん、漱石はその後の満州経営がどうなっていくかを知らないまま亡くなるわけですが、日本がその清朝の末裔であった溥儀（フギ）をたてて偽「満州帝国」をつくるまでにいたることを予感しているとさえ言える、嫌味な言い方です。

「えらい人からは、滅多に賜わったり何かされない方がいいと思った」。国家から与えられようとした博士号を拒否した漱石ならではの、自分を呼び出した是公への批判を含んだ一言です。

友人の是公にしても、南満州鉄道株式会社総裁の任務は、日本の偉い人、すなわち明治天皇から「賜わっている」のです。この後でてくるすべての任務に関しては、南満州鉄道は官民一体となった植民地経営、独占企業体ですから、そのすべての任務は偉い人から賜わったものなのです。

この後で、ずっといっしょに旅行している農業専門家が登場します。日本からの移民を満州に入れていく際に、どういう農業経営をしたらいいのかということを、土壌もふくめて研究している人です。その人のことをみんなは農学博士だと思っているのですが、実はそうではなかったということが分かったときに、漱石はわざわざ「だから自分も博士号はもらわない」と言っています。夏目漱石に博士号を授与するという話があったのに、それを拒絶したということが、日露戦争後の状況のなかで、とても重要な意味をもっていました。つまり、自分の学問のあるなしや自分の文学の良し悪しを「お上」が判断するということなどありえない、という拒絶の手紙を送るのです。

余談ですが、私ぐらいの世代までは、日本近代文学を研究する人は、漱石に見習って博士号などは取らないという自負心があり、私も博士号はもっていません。けれども、多くの人たちに博士号を与えてきました。いまは博士号を取らないと大学の教師になれないので、そういう伝統は崩れてしまいました。

ここでの「偉い人からめったに賜ったり何かされない方がいいと思った」という一言は、紀行文全体を貫いている漱石の反骨精神の表れだと思います。

そして、ヤマトホテルでの生活が始まりますが、その南満州鉄道株式会社の植民地経営の要はどこにあるのか、ということが明らかにされるのが第九章です。まだ道路が完成せずに満州特有の黄土が露出している、是公が得意になっている場所につれていかれます。

【これが豆油(まめあぶら)の精製しない方で、こっちが精製した方です。色が違うばかりじゃない、香(におい)も少し変っています。嗅(か)いで御覧なさいと技師が注意するので嗅いで見た。

用いる途(みち)ですか、まあ料理用ですね。外国では動物性の油が高価ですから、こう云うのができたら便利でしょう。第一大変安いのです。これでオリーブ油の何分の一にしか当たらないんだから。そうして効用は両方共ほぼ同じです。その点から見てもはなはだ重宝(ちょうほう)です。それにこの油の特色は他の植物性のもののように不消化でないです。動物性と同じくらいに消化(こな)れますと云われたので急に豆油がありがたくなった。やはり天麩羅(てんぷら)などにできますかと聞くと、無論できますと答えたので、近き将来において一つ豆油の天麩羅を食ってみようと思ってその室を出た。
出がけに御邪魔（おじゃま）でもこれをお持ちなさいと云って細長い箱をくれたから、何だろうと思って、即座に開けて見ると、石鹸（シャボン）が三つ並んでいた。これがやっぱり同じ材料から製造した石鹸ですと説明されたが、普通の石鹸と別に変ったところもないようだから、ただなるほどと云ったなり眺めていた。すると、この石鹸に面白いところは、塩水に溶解するから奇体（きたい）ですよとの追加があったので、急に貰って行く気になって蓋（ふた）をした。】

注意深いみなさんはお気付きになったと思いますが、ヤマトホテルに入って漱石が一番ほっとしたのが何かということです。少し戻って、六章の冒頭です。

【湯を立ててもらって、久しぶりに塩気のない真水の中に長くなって寝ている最中に、湯殿（ゆどの）の戸をこつこつ叩くものがある。風呂場で訪問を受けた試しはいまだかつてないんだから、湯槽（ゆぶね）の中で身を浮かしながら少々逡巡（しゅんじゅん）していると……】

つまり、ヤマトホテルでお風呂に入ったときに真水だったことに感動したわけです。ということは、日本から大連に向かう船のなかは塩水の風呂だったということです。だから、ここの豆油の説明で、塩水でも溶解しますと聞いてもらってきたのは、帰りの船のなかで塩水の風呂に入ったときに使おうと、帰りのことをすでに考えているという設定なのです。しかし、ここで重要なのは、植民地的生産体制というのは、その土地に住んでいる人間が何を食べるかには無関係に、商品的に売れるものだけをつくるというのが植民地主義的プランテーション農業の基本だということです。

少し歴史を振り返っていただくと、クリストバル・コロンというイタリアの商人が、スペインのイザベラ女王に、最近は地球が丸いという話もあり、イスラム教徒に奪われた土地を奪回するレコンキスタ＝領地・聖地奪還戦争も終わって軍事費が残っているから、船団をしたてて大西洋を西へ西へ行ってみたらどうか、と言われて航海にでた。そうしたら、茶色い肌の人びとが住んでいる島に着いたので、これはインドに違いないと考えて、そこを「西インド諸島」と名付けます。それが、教科書で習う1492年の「新大陸の発見」です。コロンブスは英語読みです。イタリア読みはコロンです。

スペイン艦隊が大西洋を横断して西インド諸島に着くのに対して、スペインと同じイベリア半島の5分の1の領土しか持たないポルトガルは、西海岸からでて、アフリカの西海岸を南へとすすむ南進政策を取りました。そして、人が居住するところに乗りつけては海岸部を軍事占領し、アフリカ先住民を奴隷にして新大陸に連れていくという奴隷貿易をやっていました。

その際、アフリカは赤道をこえた先ですから、南極に近づくほどに寒くなります。そこで、地中海沿岸の暖かい土地のポルトガル人たちにとっては、毛織物のセーターやコートその他、寒さ対策が不可欠になってきます。そこから、毛織物をつくる技術を持たなかった南ヨーロッパの人たちにとって、毛織物が不可欠になるのです。

さらに、コロンブス新大陸発見とほぼ同じ時期に、ヴァスコダ・ガマなどの航海家たちが、アフリカの先端の喜望峰をまわるとインド洋にでられるという新航路を発見します。インド洋にでると、ヨーロッパの人たちがもっとも欲していた香辛料がとれるインドです。それまで、インドの香辛料は、絹と同様にシルクロードなどの陸路と海路を合わせて運んでいましたから、すごく高価でした。これを船だけで運ぶことができる喜望峰まわりの航路を発見し、そこにスペインも参加してこぞって南極近くまで行くようになると、毛織物はいよいよ不可欠になります。

当時は、イギリスが毛織物の最も重要な産地の一つで、人間に食べさせるものをつくるよりも南ヨーロッパの船乗りたちに着せる毛織物をつくったほうがずっと金儲けになるということで、人間の農作物を作るところを囲い込んで羊を育てる牧場にする、「エンクロージャー」という囲い込み運動がおこりました。いわゆる新大陸でどういうことがおこっているかをある船乗りが語る、という有名なトマス・モアの小説『ユートピア』が書かれるのもこの頃です。つまり、新大陸発見を機に、ヨーロッパ・キリスト教国家の「大航海時代」と植民地経営時代が始まっていくわけです。

この単一農作物をつくるという政策は16世紀以降の植民地主義経営の基本になります。南アメリカに進出したポルトガル人やスペイン人が、カリブ海の西インド諸島で発見したのがサトウキビです。ヨーロッパには砂糖をとる大根はありましたが、大量の砂糖が取れるサトウキビはありませんでしたから、ここに砂糖プランテーションがつくられ、アフリカから連れてきた奴隷たちに奴隷労働をさせる。そこでとれた砂糖をヨーロッパに運びます。ヨーロッパでは、ウィスキーやブランデーなどの蒸留酒をつくる技術をもっていたので、その技術でサトウキビから強烈なラム酒をつくって、世界中に売りまくります。とりわけ、酒を知らなかったアフリカ大陸の人びと、そこの酋長や支配者に売り、対立している部族を奴隷にする。ここから奴隷貿易とプランテーション農業という悪名高き三角貿易がつくりだされ、とくにイギリスはそこから得た富を財源として産業革命を推進していくわけです。

ここで紹介された、南満州鉄道の豆油というのは、動物性たんぱく質を摂りすぎてさまざまな病気が蔓延しているヨーロッパにおいて、植物性の油が健康にいいということで輸出されます。バターの代わりにマーガリンを使うということになりますが、その主要原料がこの豆油です。みなさんがいま使っている食用油も、豆油がベースになっています。

そのプランテーション農業に南満州鉄道は着手していますよということの紹介であり、漱石はその石鹸をもらっていくのです。さらに、南満州鉄道の業務はこの豆油の生産だけにとどまりません。

【柞蚕(さくさん)から取った糸を並べて、これが従来の奴ですと云うのを見ると、なるほど色が黒い。こっちは精製した方でと、傍(そば)に出されると全く白い。かつ節(ふし)なしにでき上っている。これで織ったのがありますかと聞いて見ると、あいにく有りませんと云う答えである。しかしもし織ったらどんなものができるでしょうと聞くと、羽二重(はぶたえ)のようなものができるつもりですと云う。】

註には、「柞蚕はヤママユガの大形のガ。柞蚕糸(さくさんし)は柞蚕の繭からとった淡褐色の糸。中国原産。光沢があって絹糸に似る」とあります。ですから、豆油を作っているだけではなく、野生のヤママユを人工的に育てて新しい絹糸をつくる。食用油生産と繊維工業が連結していたわけです。その隣にはこうあります。

【高粱酒（こうりょうしゅ）を出して洋盃（コップ）に注ぎながら、こっちが普通の方で、こっちが精製した方でと、またやりだしたから、いや御酒はたくさんですと断った。さすが酒好きの是公も高粱酒の比較飲みは、思わしくないと見えて、並製も上製も同じく謝絶した。】

満州では気候的に寒いために、水稲作りは当時はできず、基本的に人間が食べていたのは高粱米（コーリヤン）でした。その高粱米でつくるのが高粱酒で、ここでは酒の醸造もやっているわけです。ある時期の中国ではこの高粱酒が最高級品で、「茅台（マオタイ）」と呼ばれて毛沢東も愛飲したお酒でした。いまはそうでもなくなっていますが……。さらに、

【是公の話によると、この間高峯譲吉さんが来て、高粱からウィスキーを採るとか採らないとかしきりに研究していたそうである。】

ヨーロッパに売れるウィスキーができないかと研究していたのです。もちろん、高粱からウィスキーはできませんが……。お酒をつくるのは酵母の働きですが、タカジアスターゼという消化酵素を発見した高峯譲吉がここにきているという設定です。『吾輩は猫である』にも高峯が麹（こうじ）かびからつくった消化酵素剤「タカジアスターゼ」がでてきます。それを面白おかしく書いた漱石と高峯が出会うというのも、なかなか意図的な設定になっているわけです。そして、すぐ隣りにはこうあります。

【陶器を作っている部屋もあったようだが、これはほんの試験中で、並製も上製もないようであった。】

この数十年後に、私の祖父小森忍もこの満鉄の陶器関係のところで働くことになるわけです。

こうして、漱石は中村是公が何も語ってくれなかった「南満州鉄道株式会社とはどのような会社なのか」という問いを自ら解明していきます。そうすると、それは植民地を総合的に経営する国家的なプロジェクトであり、その拠点がヤマトホテルだということがはっきり見えてくるような叙述になっているわけです。

日露戦争におけるロシアからの戦利品

さらに、南満州鉄道株式会社がどのような植民地事業を系統的にかつ計画的におこなっているかが分かるのが十一章です。河村調査課長と出会って、夏目漱石という人気小説家にやっていただきたいことはこれなんです、と差し出されます。

【そこへ大きな印刷ものが五六冊出て来た。一番上には第一回営業報告とある。二冊目は第二回で、三冊目は第三回で、四冊目は第四回の営業報告に違いない。この大冊子を机の上に置いて、たいていこれで分りますがねと河村さんが云い出したときは、さあ大変だと思った。今この胃の痛い最中にこの大部の営業報告を研究しなければすまない事になっては、とうてい持ち切れる訳のものではない。余はまだ営業報告を開けないうちに、早速一工夫してこう云った。――私は専門家でないんですから、そう詳しい事を調査しても、とても分りますまいと思いますので、ただ諸君がいろいろな方面でどんな風に働いていられるか、ざあっとその状況を目撃さしていただけばたくさんですから、縦覧すべき箇所を御面倒でもちょっと書いてくださいませんか。

河村さんははあそうですかと、気軽にすぐ筆を執ってくれた。ところへどこからか突然妙な小さな男があらわれて、やあと声をかけた。見ると股野義郎である。昔「猫」を書いた時、その中に筑後の国は久留米の住人に、多々羅三平という畸人がいると吹聴した事がある。当時股野は三池の炭鉱に在勤していたが、どう云う間違か、多々羅三平はすなわち股野義郎であると云う評判がぱっと立って、しまいには股野を捕まえて、おい多々羅君などと云うものがたくさん出て来たそうである。】

つまり、夏目漱石のデビュー作の第5回目に、苦沙弥先生の家に泥棒が入いるという出来事がおこります。これはまだ私は謎が解けていないのですが、その泥棒の顔を見たのは「吾輩」という猫だけなのです。その「吾輩」の感想によると、苦沙弥先生の家に出入りする寺田寅彦をモデルにした物理学者の寒月君に顔がそっくりだという。その寒月君にそっくりの泥棒が入っても、猫は犬のように吠えるわけにはいきませんから、何も役に立たなかった。その前の日に、多々羅三平という苦沙弥先生のかつての中学の教え子が山芋をお土産にもって訪れているんですが、その山芋を盗られてしまった。

その多々羅三平がやってきて、昨日は大変でしたねと言い、この猫は何の働きもしなかったんですか、もし役に立たない猫だったら、犬を飼ったほうがいいですよ、この猫は俺が食っちまいますから、と言うのです。

多々羅三平に食われては大変だと思って、この五章で、「吾輩」は鼠を捕らない猫ですが、少しでも役に立ちたいと思って鼠を捕る決断をします。その鼠を捕るときの自分のことを、日本海海戦で勝ったばかりの東郷大元帥に喩えるのです。ということは、『吾輩は猫である』においては、ロシア軍は鼠になっているわけです。通常、カリカチュアで表すときには、ロシアは白熊ですが、なぜかここでは鼠なのです。

日本海海戦が日露戦争における日本側の決定的な勝利につながり、ポーツマス講和条約の締結になります。そこに登場した多々羅三平のモデルだとまわりから言われた実在の股野義郎がでてくるのです。股野義郎は、漱石が熊本第五高等学校の教師のときの学生ですから、東京帝国大学の理科の先生になった寺田寅彦と同門です。帝国大学を卒業した後、大連の「大連会館旬報」という雑誌社の社長になり、大連の日本人社会のかなり上のほうにいた存在です。ここから、フィクションの世界である『吾輩は猫である』と『満韓ところどころ』が重なり、『吾輩は猫である』で漱石が多々羅をどう描いていたかを思い出してもらいたいという読者へのメッセージにもなっているわけです。

股野は、三池の炭鉱に勤めていたときに、多々羅三平だという噂を立てられ、そこから満州の大連に移っているのです。そしてここで、単行本にするときには股野と間違えられないように出身地をちゃんと変えたという断りを言っています。ここでも、漱石の世界における「虚と実」の問題が意識されているわけです。ですから、十二章以降は、漱石の文学における「虚と実」をあわせて読んでいく必要があります。

その後、十二章で、是公から誘われた舞踏会も断ったという話が現れ、さらに十三章で川崎造船所関係者との夕食の話がでて、そして、すき焼き屋に入る話になるのです。ここは、是公がバーにくりこんで大声をあげたという話を紹介した後です。

【草木の風に靡く様を戦々兢々と真面目に形容したのは是公が嚆矢なので、それから当分の間は是公の事を、みんなが戦々兢々と号していた。当人だけは、いまだに戦々兢々で差支えないと信じているかも知れないんだから、ゼントルメン大いに飲みましょうも、この際亜米利加語として上官側に通用したと心得ているんだろう。通じた証拠には胴上げにしたじゃないかくらい、酔うと云いかねない男である。】

満鉄総裁に対して、これはかなりきわどい冗談でもあるわけです。その是公の過去のことを語ったうえで、「昨夕は川崎造船所の須田君からいっしょに晩食でも食おうと云う」誘いがあり、東北大学教授の橋本左五郎というかつての知り合いとも再会します。なぜ左五郎がきているかというと、

【この橋本が不思議にも余より二三月前に満鉄の依頼に応じて、蒙古の畜産事情を調査に来て、その調査が済んで今大連に帰ったばかりのところへ出っ食わしたのである。顔を見ると、昔から

慓悍（ひょうかん）の相（そう）があったのだが、その慓悍が今蒙古と新しい関係がついたため、すこぶる活躍している。闥（ドーア）を排（はい）して這入って来るや否や、どうだ相変らず頑健（がんけん）かねと聞かざるを得なかったくらいである。】

つまり、南満州鉄道株式会社の内実というのは、大連、旅順、満州にとどまらず、ロシアとの境界上にあった蒙古にも及んでいる。蒙古は遊牧の民すなわち馬の生産のプロフェショナルですから、畜産すなわち陸軍の装備に不可欠な軍馬の調達の事情調査にかつての知人が来ていたのです。このときはまだ清朝で、近代国民国家としての領土をどうするかについては曖昧だったところです。ここから、後の満蒙開拓という、関東軍が推進した植民地政策の標語につながっていくのです。

そして、十五章では、ここまで南満州鉄道株式会社の事業の中心が紹介されたのですが、それに付随して、どれだけ総合的な経営をやっていたのかということが紹介されます。

【参観すべき場所と云う標題（みだし）のもとには、山城町（やまぎちょう）の大連医院だの、児玉町（こだまちょう）の従業員養成所だの近江町（おうみちょう）の合宿所だの、浜町（はまちょう）の発電所だの、何だのかだのみんなで十五六ほどある。】

つまり、「大連に一週間ぐらいはいなければ、満鉄の事業も一通り観る訳には行かない」と言われたことを実感しているわけです。つまり、満州を植民地的に経営する国家形態そのものを内包している総合的な生産体制を統括しているのが南満州鉄道株式会社であり、国家独占資本という用語がぴったりあてはまる内実が、ここで明らかになるのです。

さらに大事なのは、十五章の次の段落です。

【余は股野と相乗りで立派な馬車を走らして北公園に行った。と云うと大層だが、車の輪が五六度回転すると、もう公園で、公園に這入ったかと思うと、もう突き抜けてしまった。それから社員倶楽部と云うのに連れて行かれて、謡(うたい)の先生の月給が百五十円だと云う事を聞いて、また馬車へ乗って、今度は川崎造船所の須田君の所の工場を外から覗(のぞ)き込んで、すぐ隣の事務所に這入って、須田君に昨日(きのう)の御礼を述べた。】

大連医院で働いているのは日本人の職員や医療従事者です。従業員養成所や合宿所や発電所には、満州の地元の人も働いているかもしれませんが、技術系の教育機関ですから、基本的には日本人がやっています。ここまでは、だれの月給も示されませんでしたが、なぜかここに、謡の先生の月給が150円だということがでてきます。

漱石はこの時期、毎週木曜に弟子たちを集めて「木曜会」をやっていました。弟子の面倒見がよかったと美談として語られますが、漱石の新聞連載小説というのを弟子たちも読んでおり、いっぱしの批評眼をもっている文学青年たちなわけですから、新聞連載小説家・夏目漱石にとってはとてもいいマーケット・リサーチの場だったと思います。その「木曜会」に集まっていた弟子たちと、宝生流(ほうしょうりゅう)の謡の習い事を始めます。宝生新と書いて「あらた」という若手の能役者ですが、経済的にはかなり苦労していました。お能は武士の芸能でしたから、江戸時代は各藩に一団がいてそれぞれ上演していました。加賀百万石の能楽師の息子だったのが泉鏡花です。それが、廃藩置県のあと武士階級がリストラされて強制徴兵制の軍隊になった段階で、お能はいっきに斜陽になってしまいます。習う人がいないと、師匠は生活が成り立ちません。それを復興させるために、漱石の家に宝生新をよんで、弟子たちもいっしょにお金を払っていたわけです。お能を教えて月給１５０円ももらうということは、当時の一般の大学卒の日本の銀行員の給料が80円ぐらいでしたから、その倍をとっていたということです。
謡のお師匠さんもそれだけもらっていたということは、どれだけ本国日本と規模の違う経済が既に満州でまわっていたかが分かります。いままでできた是公関連系の給料をそのまま言ったらまずい。だけど、そういう人たちがお習いごとをして、その先生が月１５０円稼ぐのですから、みんながどの程度払っていたかは想像できます。これも漱石ならではの技です。その続きにこうあります。

【事務所の前がすぐ海で、船渠(ドック)の中が蒼(あお)く澄んでいる。】

つまり、大連のドッグ群には、当時、川崎造船所がすでに入っていたということです。

【船渠の入口は四十二尺だとか云った。余は高い日がまともに水の中に差し込んで、動きたがる波を、じっと締めつけているように静かな船渠の中を、窓から見下しながら、夏の盛りに、この大きな石で畳んだ風呂へ這入って泳ぎ回ったらさぞ結構だろうと思った。

今度はどこだと股野に聞いて見ると、今度は電気の工場へ行きましょうという事である。鉄嶺丸（てつれいまる）が大連の港へ這入ったときまず第一に余の眼に、高く赤く真直（まっすぐ）に映じたものはこの工場の煙突であった。船のものはあれが東洋第一の煙突だと云っていた。なるほど東洋第一の煙突を持っているだけに、中へ這入ると、凄（すさま）じいものである。】

もともと日本が全部つくったものではなく、それまでロシアが持っていたものを、日露戦争によって日本が武力で奪い取って受け継いだ。これは戦利品の自慢なわけで、南満州鉄道株式会社が経営しているもののほとんどが、ほぼロシアからの戦利品に違いないということを示しています。

その漱石の印象がよく現れているのが、この後の街並みを見てまわるところです。先ほど紹介した最後の五十一章の撫順のところです。

【やがて松田さんが案内になって表へ出た。貯水池の土堤（どて）へ上ると、市街が一目に見える。まだ完全にはでき上っていないけれども、ことごとく煉瓦（れんが）作りである上に、スチュジオにでも載りそうな建築ばかりなので、全く日本人の経営したものとは思われない。しかもその洒落（しゃれ）た家がほとんど一軒ごとに趣（おもむき）を異（こと）にして、十軒十色（といろ）とも云うべき風に変化しているには驚いた。その中には教会がある、劇場がある、病院がある、学校がある、坑員の邸宅は無論あったが、いずれも東京の場末（山の手）へでも持って来て眺めたいものばかりであった。松田さんに聞いたら皆日本の技師の拵（こしら）えたものだと云われた。】

この漱石のイヤミをお分かりいただくには、「スチュジオ」が何かということを知る必要があります。注釈にもある通り、「スチュジオ」というのはイギリスから輸入していた月刊美術雑誌で、漱石も購読していたものです。口絵には当時珍しかったカラー印刷で美術品などが紹介される。そういう最先端の写真印刷技術を導入した雑誌です。

ですから、漱石が最後に見た撫順の街には、「スチュジオ」にでも載りそうな、意匠をこらした美しい建築が立ち並んでいる。これは明らかに、ロシアが支配していた時代に建てられたものなわけです。恐らく、ロシア時代には、教会や劇場、病院や学校など、十軒十色ともいうべきさまざまな様式の建物が建てられたのでしょう。一方、坑員の邸宅は日本の技師が建てたものです。それは、貧しいサラリーマン階層が住む、東京の郊外の新興住宅地にあるようなものですから、ロシア時代に建てられたものとの対比が明らかになるわけです。

従って、すべてが、日露戦争によって南満州鉄道の区域を日本が植民地領土としてロシアから軍事力で奪い取ったことの帰結です。そこへ、戦争に参加した人も居ついて妻を呼び寄せ、満鉄がつくった病院にその妻が入院している。それだけではなく、ロシア時代につくられたものを日本が戦利品としてもらいうけ、世界的なプランテーション植民地工業に乗り出そうとしているのです。

ですから『満韓ところどころ』は、中村是公が答えてくれなかった「南満鉄道会社というのはどういう会社なのか」ということを、一つひとつ例をひいて、読者にその内実を伝えていくという小説的な書き方になった旅行記である、ということになります。そのように読むと、『満韓ところどころ』は、単なる植民地紹介には終わっていないということが見えてくるのではないでしょうか。

旅順、203高地の激戦の跡

二十八章には、日露戦争の激戦地だった203高地の上から、海を眺めながら旅順の説明を受けている漱石の感想が載っています。河野中佐が日露戦争当時のことを説明してくれた、という話です。

【河野さんの話によると、日露戦争の当時、この附近に沈んだ船は何艘(なんそう)あるか分らない。日本人が好んで自分で沈めに来た船だけでもよほどの数になる。戦争後何年かの今日(こんにち)いまだに引揚げ切れないところを見てもおおよその見当はつく。器械水雷なぞになるとこの近海に三千も装置したのだそうだ。

じゃ今でも危険ですねと聞くと、危険ですともと答えられたのでなるほどそんなものかと思った。】

ここで漱石が言及しているのは、日露戦争の初期段階でおこなわれた旅順港閉塞作戦です。1904年の2月から3月にかけてのことです。旅順湾というのは袋のような形をしていて、入口が狭い。そこで、ロシアに公使付きの武官として行ったこともある廣瀬武夫という軍人が考えついたのがこの作戦です。

当時、ロシアの太平洋艦隊は旅順湾のなかに全部入っており、バルチック海からはバルチック艦隊が旅順をめざして出航したという情報が入ります。それで、バルチック艦隊が到着する前に、旅順湾の入口に古い貨物船などを沈めることによってロジスティックス、つまり武器弾薬、食糧その他の兵たんができないようにすれば、太平洋艦隊の艦砲射撃を阻むことができる、という作戦を立てるわけです。これが旅順港閉塞作戦と呼ばれる作戦です。

作戦は秘密裏に、2月に第1回目を実行しますが、これは失敗します。3月に第2回目の作戦がおこなわれるのですが、これも失敗してしまいます。廣瀬武夫は、船を沈めてボートで逃げるときに逃げ遅れ、ロシア艦隊の砲撃を受けて命を失います。ですから、作戦の実行形態からしても、指揮官が命を失ったことからも、完全に失敗だったわけです。

しかし、日露戦争のときにつくられた記者クラブ制度をとおして――この制度は現在も日本に残っていて大問題なのですが――海軍は情報を統制します。時期を見計らって、この作戦の結果について報道するのが１９０４年の3月の末、第2回目の作戦から1週間以上たってからです。

どういう報道にしたか。廣瀬武夫はきわめて優れた作戦を思いついた。そして、自分が乗船していた福井丸を沈没させる際に、爆薬を仕掛けにいった杉野兵曹長がなかなか戻ってこなかったので、3度までも船底に彼を探しにいった。その結果、逃げ遅れて命を失った、というものです。これが「軍神廣瀬中佐」という神話となり、太平洋戦争のときまで、修身の教科書の教材になりつづけました。日本で最も有名な軍神神話がこのとき作られたのです。

ですから、情報を当局が一括して管理し、戦争に向けて大日本帝国の銃後の人びとの戦意を高揚させるための報道をする、そういう基本的な戦略が軍部とマスメディアである新聞が一体となった形でつくりあげられる発端になったわけです。

この報道がなされた後、これもホントかウソか分かりませんが、廣瀬中佐は深夜の暗闇のなかで殺されたにもかかわらず、弾が当たった彼の脳みそが福井丸の旗に飛び散ったと、これが「二銭銅貨大の肉片」というキーワードでずっと新聞の見出しに踊りつづけることになるのです。

なぜ「二銭銅貨大の肉片」と言われたのか。２０３高地から乱射されたロシア軍のマクシミリ機関銃、日本軍が撃っていた三八銃の銃弾の値段は1個2銭でした。それにあたって死ぬと命はたった2銭だというのが、日露戦争に出征して戦場の現場にいた兵士たちのなかで隠語のように語られていたのです。それを逆手にとって、英雄的で部下思いの軍神廣瀬中佐の遺体は旗についた「二銭銅貨大の肉片」として残っていて、これが大事に箱のなかに入れられ、海軍旗がかけられて戦場から下関に運ばれた。各地の新聞は、二銭銅貨大の廣瀬中佐の肉片が到着するのは何時何分かと報道し、中学生を主体とした旗振り部隊が動員され、深夜でも旗を振ってそれを迎えるという、国民あげての大イベントがおこなわれました。青山墓地に埋葬されるときにちょうど桜が散ったということで、大日本帝国のために命を投げ出した軍人とハラハラと散る桜が結びつけられ、ソメイヨシノが「軍国の華」になったのです。

この廣瀬少佐（死んだ後に中佐に格上げされます）が考えた旅順港閉塞作戦というのは、比喩的にいうと「袋の鼠」作戦です。それで、『吾輩は猫である』では、ロシア艦隊が「袋の鼠」に喩えられ、「吾輩」が唯一の鼠とりを決意したときに、みずからを東郷平八郎になぞらえたのです。漱石の小説の世界というのは、こうした戦争報道に対する批判や揶揄と深く結びついているわけです。
続けて、旅順湾には何艘もの船が沈んでおり、まだ水雷が仕掛けられているかもしれないので、引揚げは難しいのだという河野中佐の話がでてきます。

【百キロぐらいな爆発薬で船体を部分部分に切り壊して、それを六吋の針金で結えて、そうして六百噸のブイアンシーのある船を、水で重くした上、干潮に乗じて作事をしておいて、それから満潮の勢いと喞筒の力で引き揚げるのだそうだ。】

激しい戦闘が海上でも陸上でもおこなわれ、２０３高地から見えたロシア艦隊の軍艦に大砲の照準をあわせて撃たせたので、多数の船が沈んでいる。海に鉄の素材が埋まっているのですから、それを鉄鋼資源として引き揚げようとしているのです。それも戦利品の一つとして、先ほどお話しした川崎造船所のドックで、新しい軍艦につくり替えられていくということになるわけです。２０３高地には、陸上戦で撃たれたロシア軍と日本軍の鉄砲の弾を拾いあつめて、砲弾の形をした碑が建てられていますが、それも考え合わせると、日本側の執念がどこにあったのかということを、漱石は批判的に分析していると思います。

日露戦争の結果がいったいどうなったのかを河野中佐から聞いたあと、田中からすき焼きを食べに行こうという誘いがかかります。それが二十九章の最初のところです。風呂を注文して、沸きそうになったあたりです。

【田中さんがいっしょにスキ焼を食べにいらっしゃいませんかと云う案内である。スキ焼の名はこの際両人に取って珍らしい響きがした。けれども白状すると、毫も食う気にはならなかった。スキ焼って家で拵えるのかいと尋ねると、いえ近所の料理屋ですと云う。近所の料理屋はスキ焼よりも一層不思議な言葉である。ホテルの窓から往来を一日眺めていたって、通行人は滅多に眼に触れないところである。外へ出て広い路を岡の上まで見通すと、左右の家は数えるほどしか並んでいない。】

大和ホテルは広場にあり、周辺の建物はみんな銀行など業務関係なわけですから、生活者の姿は見えません。「外へ出て広い路を岡の上まで見通すと、左右の家は数えるほどしか並んでいない」のです。では、いったい誰が料理屋に行くのか。

【そうしてそれがことごとく西洋館である。しかも三分の一は半建のまま雨露に曝されている。他の三分の一は空家である。残る三分の一には無論人が住んでいる。けれどもその主人はたいてい月給を取って衣食するものとしか受け取れない構である。新市街という名はあるにしても、その実は閑静な寂れた屋敷町に過ぎない。その屋敷のどこにスキ焼を食わす家があるかと思うと、一種小説に近い心持が起る。】

ここから、漱石の満韓旅行のルポルタージュは「小説に近い心持」で書かれるようになります。ヤマトホテルが位置していた広場には、ロシアが支配していた時期の建物が建っていた。それを、日露戦争に勝った日本が接収したのですが、ここは激しい戦場だったわけですから、ロシア人は撤収していて住んでいません。それで、いったいどこでスキ焼が食えるのかという疑問を抱えながら、漱石はホテルを出ます。

【草の生えた四角な空地（あきち）を横切って、瓦斯（ガス）も電気もない所を、茫漠（ぼうばく）と二丁ほど来ると、門の奥から急に強い光が射した。玄関に女が二三人出ている。我々の来るのを待っていたような挨拶をした。座敷は畳が敷いて胡坐（あぐら）がかけるようになっていた。窓を見ると、壁の厚さが一尺ほどあったので、始めて普通の日本家屋でないと云う事が解った。窓の高さは畳から一尺に足りないから、足をかけると厚い壁の上に乗る事ができる。女が危のうございますと云った。外を覗（のぞ）いたら真闇（まっくら）に静かであった。

　女は三四人で、いずれも東京の言葉を使わなかった。田中君はわざと名古屋訛（なまり）を真似（まね）て調戯（からか）っていた。女は御上手だ事とか、御上手やなとか、何とか云って賞（ほ）めていた。ところが前触れのスキ焼はなかなか出て来ない。】

ここが「普通の日本家屋でないと云う事が解った」ということは、日本が占領して植民地化していく大連において、そうした日本人を相手にする特別な場所だということです。軍隊を中心に男たちが海外に出ていけば、それを追いかけて売買春の女性たちが送られ、彼女たちが働く店もできてきます。そこでスキ焼を食べようというのですが、漱石は胃の調子が悪いので、なかなか食べられません。

【田中君はスキ焼の主唱者だけあって、大変食べた。傍で見ていて羨ましいほど食べた。余はしようがないから畳の上に仰向に寝ていた。すると女の一人が枕を御貸し申しましょうかと云いながら、自分の膝を余の頭の傍へ持って来た。この枕では御気に入りますまいとか何とか弁じている。結構だから、もう少しこっちの方へ出してくれと頼んで、その女の膝の上に頭を乗せて寝ていた。不思議な事に、橋本も活動の余地がないものと見えて、余と同様の真似をして、向うの方に長くなっている。枕元では田中君が女を相手に碁石でキシャゴ弾きをやって大騒ぎをしている。余があまり静かだものだから、膝を貸した女は眠ったのだと思って、顎の下をくすぐった。帰るときには、神さんらしいものが、しきりに泊まって行けと勧めた。】

露骨にはどういう店なのかは書いていませんが、一連の描写と女性たちの振る舞いを見れば、ここが売買春をおこなう場所だということがはっきり分かります。

「満州日日新聞」での伊藤博文暗殺についての所感

さて、『満韓ところどころ』は満鉄総裁の頼みで書かれたものですが、じつは韓国の「京城日報」だけではなく「満州日日新聞」にも連載されました。この「満州日日新聞」に漱石は、「韓満所感」という、『満韓ところどころ』をにおわせる題名の記事を載せ、伊藤博文の暗殺事件について書いているのです。伊藤博文が暗殺された直後――といっても、電信で記事を送れないのでかなり時間がかかるわけですが――伊藤博文が暗殺された1909年10月25日の10日後です。

11月5日付の「満州日日新聞」から上下の2回連載になっています。そこで、漱石が伊藤博文の事件についてどう触れているのかをご紹介します。冒頭からです。

【昨夜久し振りに寸閑を偸んで満洲日日へ何か消息を書かうと思い立って、筆を執りながら二三行認め出すと、伊藤公が哈爾賓で狙撃されたと云う号外が来た。哈爾賓は余がつい先達て見物に行った所で、公の狙撃されたと云うプラットフォームは、現に一ケ月前に余の靴の裏を押し付けた所だから、希有の兇変と云う事実以外に、場所の連想からくる強い刺激を頭に受けた。】

The Manshu Nichi-Nichi Shimbun.　No. 734.

満洲日日新聞

明治四十二年十一月五日　宣統元年九月二十三日　金曜日　(無休刊)

韓満所感（上）

東京にて　夏目漱石

昨夜久し振りに寸閑を偸んで満洲日日へ何か消息を書かうと思ひ立つて、筆を執りながら二三行認め出すと、伊藤公が哈爾賓で狙撃されたと云ふ号外が来た。哈爾賓は余がつい先達て見物に行つた所で、公の狙撃されたと云ふプラツトフォームは、現に一ケ月前に余の靴の裏を押し付けた所だから、希有の兇変と云ふ事実以外に、場所の連想からくる強い刺激を頭に受けた。……

「満州日日新聞」11月5日号

漱石は、自分が「靴の跡」をつけたハルビン駅で伊藤博文が殺された、ということを強調しています。その瞬間、中村是公が2代目の総裁となった南満州鉄道株式会社が満州で何をやろうとしているのかということと、伊藤博文暗殺がつながっていたということが、新聞読者には明確になるのです。つづけて漱石は、こう言っています。

【ことに驚ろいたのは大連滞在中に世話になったり、冗談を云ったり、すき焼きの御馳走になったりした田中理事が同時に負傷したと云う報知(ほうち)であった。】

つまり、スキ焼をいっしょに食べに行った満鉄の田中理事が伊藤博文とともに負傷しているのです。

【けれども田中理事と川上総領事とは軽傷であると、わざわざ号外に断ってあるくらいだから、大(たい)した事ではなかろうと思って寝た。】

かつて大日本帝国の初代総理大臣であり、直前まで韓国総監であったところの伊藤博文が暗殺されたにもかかわらず、いっしょにスキ焼を食った田中くんと川上総領事が大丈夫だったから安心して寝た、と言っているわけです。そして、翌日に「朝日新聞」の詳報について触れます。

【今朝、わが朝日所載の詳報を見ると、伊藤公が撃たれた時、中村総裁は倒れんとする公を抱いていたとあるので、総裁も亦同日同刻同所に居合わせたのだということを承知して、また驚いた。

伊藤公が、余と関係の浅からざる満州の線路を経過して、余の知人を同乗同車のすえ、いまだ余の記憶に新なる曾遊の地に斃れたのは偶然の出来事ながら、余にとっては珍しき偶然の出来事である。公の死は政治上より見て種々重大な解釈が出来るだろう。また単なる個人の災害と見ても、優に上下の視聴を聳かすに足る兇変であろう。】

「視聴」というのは見ることと聞くことです。重要なことは、わずか一カ月前の旅行に触れながらこの「韓満所感」を書いていることです。漱石にとって、伊藤博文暗殺がもっている意味は、自分が視察した南満州鉄道がどういう事業をやっているのかということと、韓国の独立をどのように脅かして伊藤博文が安重根に暗殺されることになったのかということを、自分が出会った南満州鉄道株式会社関係者

THE OSAKA ASAHI SHIMBUN.

朝日新聞

伊藤公を悼む

[illegible]

●伊藤公遭難　伊藤公が二十六日哈爾賓停車場車を降らんとする際韓人と覚しきもの公を狙撃せりビン川上総領事より電報ありたり尚随行者田中満鉄[illegible]傷を受けたりと

●伊藤公薨去　其後の来電に拠れば伊藤公は二十六日哈爾賓停車場プラットフォームに下車せる刹那歓迎の群衆中の一韓人の手に六連発短銃執るさ見る間に公爵を目掛けて狙撃せ[illegible]胸部を貫かれて倒れ犯人は六連発を連発し公爵は[illegible]川上、田中の両氏の負傷は重からずさあり此の報に接し内閣参集協議中なり

●犯人就縛　哈爾賓二十六日発其筋への電報に拠れば午前九時停車場にて伊藤公爵暗殺せられたり川上領事田中満鉄[illegible]傷したれども軽し犯人は朝鮮人なるが其の場にて捕縛されたり

●遭難の前後　伊藤公は二十五日の夜哈爾賓到着二十[illegible]に於て露軍の閲兵式あるに就き露国大蔵大臣ココフツォフ氏と臨み帰途し同大臣と汽車に同乗し午前九時過哈爾賓停車場にフォームに降車するや直に遭難したるものなり

▲[illegible]長春まで帰着し二十七日長春発大連着の予定なり

▲公遭難の報達するや海軍省は佐世保鎮守府司令長官に向って[illegible]ひの為軍艦一隻を大連に急派すべく旨訓令したり尚公の遺骸[illegible]軍艦は大連より横須賀軍港に直航するに決定したり

▲[illegible]

●藤公遺骸　短銃弾丸は伊藤公の腹部に命中して出迎の為プラットフォームに居合せたる露国東清[illegible]裁ワインチエル氏は急に医師を迎へて懇に介抱せしも手当其の効を奏せず公は間もなく薨去せり遺骸は[illegible]十一時哈爾賓発の汽車を以て大連に向け送り出した[illegible]にては未だ公の薨去を発表せず

●両陛下御憂愁　[illegible]

伊藤博文暗殺を報じる「朝日新聞」1909年10月27日号

の人たちと結びつけて書いているのです。

そこに、夏目漱石が、『満韓ところどころ』を、どのように「小説じみた心持」で書いていったのかを考えるべきだと思います。それだけではなく、『満韓ところどころ』と銘打ったにもかかわらず、韓国のことは書かなかったことにも留意すべきだと思います。そのあたりを、引き続き読みすすめていきます。

朝鮮にも行ったのに寸止めにしたのは

漱石は、この後、旅順から北へ向かって、奉天（瀋陽）行きの列車に乗り込むことになります。三十一章です。

【立つ時には、是公はもとより、新たに近づきになった満鉄の社員諸氏に至るまで、ことごとく停車場（ステーション）まで送られた。貴様が生まれてから、まだ乗った事のない汽車に乗せてやると云って、是公は橋本と余を小さい部屋へ案内してくれた。汽車が動き出してから、橋本が時間表を眺めながら、おいこの部屋は上等切符を買った上に、ほかに二十五弗（ドル）払わなければ這入れない所だよと云った。なるほど表（ひょう）にちゃんとそう書いてある。専有の便所、洗面所、化粧室が附属した立派な室であった。余は痛い腹を忘れてその中に横になった。】

旅順をでるときに、2代目の総裁、中村是公からわざわざ最も高いコンパートメントの部屋をあてがわれ、橋本という農業科学の教授に案内されて、今後どういう植民地的な農業経営が満州においておこなわれるのかを見学にいきます。そこでどういう光景を目にするのか。三十四章です。

【余はただつくねんとして、窓の中に映る山と水と河原と高梁（こうりょう）とを眼の底に陳列さしていた。薄く流れる河の厚さは昨日（きのう）と同じようにほとんど二三寸しかないが、その真中に鉄の樋竹（といだけ）が、砂に埋もれながら首を出しているのに気がついたので、あれは何だいと下女に聞いて見た。あれはボアリングをやった迹（あと）ですと下女が答えた。満州の下女だけあって、術語を知っている。ついこの間雨が降って、上（かみ）の方から砂を押し流して来るまでは、河の流れがまるで違った見当を通っていたので、あすこへ湯場（ゆば）を新築するつもりであったのだと云う。河の流れが一雨（ひとあめ）ごとに変わるようでは、滅多（めった）なところへ風呂を建てる訳にも行くまい。現に窓の前の岸なども水にだいぶん喰われている。】

お分かりのとおり、新たに入ってくる日本の植民者向けに温泉場を整備しようとしているのです。その温泉場が、大雨が降って流れが変わってしまった。それでボウリングをして水の流れを調査している。だから、「ボアリング」という土木用語をこの下女は知っているわけです。漱石がそれを「満州の下女だけあって」と言っているのは、植民地的な進出をしている男たちと連動してこうした宿屋の下女たちがいる、ということなのです。

本来は奴隷制を廃止したにもかかわらず、植民地である満州においては、人身売買の対象となっているクーリーや下女たちが使われているということが、詳細な観察にもとづいて語られていきます。馬賊の来襲に備えるために櫓（やぐら）があって、そこに番人が立っていて、そこには赤旗がひらめいています。それについての三十六章の記述です。

【番兵は汚ない顔を揃えて、後の小屋の中にごろごろしていた。馬賊（ばぞく）の来襲に備えるために雇われたればこそ番兵だが、その実は、日当三四十銭の苦力（クーリー）である。櫓（やぐら）を下りて門を出る前に、家の内部を観る訳に行くまいかと通訳をもって頼んだら、主人はかぶりを振って聞かなかった。女のいる所は見せる訳に行かないと云うんだそうである。その代り客間へ案内してやろうと番頭を一人つけてくれた。】

一番危険な業務には、人身売買的に日当30〜40銭で買われているクーリーがつけられているということが叙述されています。これが漱石の見た、南満州鉄道による満蒙経営の実態なわけです。

そしてこのあたりから、本当は朝鮮にまでいったのだけれども、朝鮮のことは書かないのだ、ということが宣言されていきます。

宿屋へいくと、漱石はいちおう有名人として招かれているので、御神さんが何か句を書いてくれと色紙を出します。もらってしまったその色紙をどうしたか。

【この短冊はいまだに誰のものか分らない。数は五六枚で雲形の洒落たものであったが、朝鮮へ来て、句を懇望されるたびに、それへ書いてやってしまったから今では一枚も残っていない。長春の宿屋でも御神さんに捕まった。】

ここで明らかに、「朝鮮」まで漱石が行ったということに言及しているわけです。

【こう書いて行くと、朝鮮の宴会で絖を持出された事まで云わなくてはならないから、好い加減に切り上げて、話を元へ戻して、肥った御神さんの始末をつけるが、余は切ない思いをして、汽車の時間に間に合うように一句浮かんだ。浮かぶや否や、帳面の第二頁へ熊岳城にてと前書をして、黍遠し河原の風呂へ渡る人と認めて、ほっと一息吐いた。そうして御神さんの御礼も何も受ける暇のないほど急いでトロに乗った。電話の柱に柳の幹を使ったのが、いつの間にか根を張って、針金の傍から青い葉を出しているのに気がついて、あれでも句にすればよかったと思った。】

ここでも、最新の電信電話の通信技術と植民地開発が不可分に結びついていることが明らかになっています。

そして、いよいよ日本の軍事的拠点の奉天に行くことになるのが四十五章です。

【奉天へ行ったら満鉄公所に泊るがいいと、立つ前に是公が教えてくれた。満鉄公所には俳人肋骨がいるはずだから、世話になっても構わないくらいのずるい腹は無論あったのだが、橋本がいっしょなので、多少遠慮した方が紳士だろうという事に相談がいつか一決してしまった。停車場には宿屋の馬車が迎えに来ていた。】

ここで「満鉄公所」についての岩波書店版漱石全集の注釈を見てください。

【満鉄奉天公所が正式の呼称。満鉄の事業組織の中でどんな地位と役割を果していたか未詳だが、各地方事務所とは別の組織であったことはたしかで、明治四十二年、鉄道改築工事に際し、清国官憲との難行する協商に「奉天公所調査役佐藤安之助」が工務課技師島竹次郎とともに、満鉄を代表して委員に選ばれている。このことから奉天公所の事実上の地位はかなり重要であったと推測される。】

大事なのは、漱石が何気なく「俳人肋骨」と言っている人物のことです。註の隣りには「佐藤安之助のこと。当時満鉄奉天公所長だった」とあります。ですから、奉天公所はこの佐藤安之助が仕切っていたということなわけです。そして佐藤は「正岡子規の門下の俳人」であり、同時に軍人なのです。「近衛第四聯隊に所属。日清戦争に従軍して隻脚を失」っているのに、現役軍人として満鉄に入り、1919(大正8)年7月に陸軍少将となっています。

ここから、満鉄がもっている軍関係者との異様な関係の濃密さがはっきり見えてきます。つまり、日清戦争で片脚を失っているにもかかわらず、近衛第四連隊に所属する軍人として満州に職を得ていたのがこの俳人肋骨だったわけです。近衛第四連隊というのは、天皇を直接護る位置づけをもっている連隊です。片脚を失っているにもかかわらず、現役で満鉄にいって、どういう役割を担わされているのかと言えば、実戦の指揮官として要請されていたのではなく、情報調査その他の統括将校すなわち、ますます重要になる情報専門の軍人として送られているわけです。

ということは、この時点で軍はすでに、ロシアから日露戦争によって奪い取った満州に日清戦争の英雄を送り込み、情報将校として指導的な役割を担わせ、軍事的な支配体制を構築しようとしていたことが分かるわけです。

ですから、何気ない『満韓ところどころ』という胃病に悩みながらの旅日記のように見せかけながら、南満州鉄道株式会社という組織が、ロシアから奪った満州において、国家と結びついた総合的な国家独占資本体であり、しかも、武装した軍とも直結している国家独占企業として機能している、ということが見えてくるように書かれているのです。

そういう意味で、帝国主義とはどのようなシステムなのかということを、漱石夏目金之助はこの『満韓ところどころ』で描き切っているのではないか。そしてそれは、「小説のなかにいるような気がした」というところから踏み込んでいくと、このエッセイが面白く読み直せるのではないかと思います。

そして五十一章の最後に、こう書いています。

【ここまで新聞に書いて来ると、大晦日になった。二年に亘るのも変だからひとまずやめる事に

した。】

伊藤博文の暗殺事件の報を受けて、自分がつい1カ月前まで行っていたところの事件だということについて漱石が「満州日日」でコメントしていることは、先ほど紹介したとおりです。満州に関していえば、日露戦争に勝ってロシアから支配権を奪い、植民地的な経営をいっきにすすめるためにあらゆる事業に乗り出している。韓国についていえば、日露戦争のポーツマス講和条約で大韓帝国の独立は保証するという条約に署名したにもかかわらず、ロシアと密約をすすめながら併合し、満州を支える植民地にしてしまう。それを、さまざまな外交的な手づるや策略をつかって着実にすすめたのが伊藤博文という政治家であり、それゆえに安重根が射殺に及んだのです。『満韓ところどころ』では、韓国で得たこうした体験は書きたくない、韓国での経緯に書き及ばないためにここで寸止めにしておく、という漱石の思惑が見て取れるのだろうと思います。

第二章

小説『門』と帝国主義へのまなざし

南満州鉄道株式会社旧本社社屋

第一章の冒頭では、『満韓ところどころ』について、小説『門』を引きながら、夏目漱石はなぜ「満」だけ書いて「韓」を書かなかったかについて論じました。ここでは、漱石が、その新聞連載小説『門』において、あえて取り組んだ問題系について詳しくお話しします。

『門』における宗助と御米の物語

まず、『門』という小説がどのような物語か、大まかに紹介します。主人公は野中宗助（そうすけ）とその妻、御米（およね）です。二人は6年前に結婚していますが、その結婚について二人の過去に何があったのかを、後半に向かって明らかにしていく、いわば謎解き恋愛結婚小説とでもいうような設定になっています。

その宗助と御米が結婚する前に、御米は宗助の京都帝国大学の学友である安井という福井県出身の男性の愛人だったようなのです。しかしそれは秘密にされていて、安井は御米を京都に呼ぶ際に自分の妹だと宗助を偽っています。そして安井が京都で御米と一つ家に住むようになり、そこに宗助が出入りすることになります。理由がほとんど分からないようにしか書かれていないのですが、宗助と御米が安井を裏切る恋に陥ります。それは京都帝国大学でもスキャンダルとして話題になったようで、宗助は放校は免れたものの自主退学をし、結果として帝国大学を卒業できずに、御米と結婚したのが6年前ということになります。

『門』の連載が始まったのは1910（明治43）年3月1日からですが、5～6日前に伊藤博文がハルビンで暗殺されたという設定になっていますので、小説の物語の始まりの日は1909（明治

42）年10月31日の日曜日という現実の日付が特定できます。物語世界がその日から始まっていることで、新聞小説の読者としては4カ月前の自分の体験を思い起こしながら読んでいくことになります。
この小説冒頭の日曜日の日付から計算しますと、宗助と御米が結婚した6年前は１９０３（明治36）年で、そのころには既に日露戦争に突入するということを政府はほぼ決断していましたから、京都帝国大学を退学しても大本営のある広島に行けばなんとか仕事があるのではないかと、宗助は御米との新婚生活を広島で過ごします。ここで御米は一人目の子どもを妊娠しますが、流産してしまいます。

この広島にいる間に宗助の父親が亡くなります。しかし、御米とスキャンダルの末結婚したがために宗助は勘当同然になっていて、父の死に目には会えず、父の死後叔父からの知らせで東京に戻りますが、遺産相続などはすべて叔父まかせになります。父親は政府の高官であったようなのですが、相当の借金を抱えていて、宗助は叔父に債務の整理と、残った財産とりわけ家屋敷の管理、そして小六という弟の養育を頼むことになります。そして、これは日露戦争が終わった後ですが、戦争中は仕事もあった広島も全国的な戦後不況に見舞われ宗助が病気で長期欠勤したことにより、仕事がなくなります。それで、炭鉱と鉄鋼業のあった福岡が最も仕事があるだろうということで、そこに宗助御米夫婦は移ります。その広島から福岡に移る間に、叔父は土地や家屋を宗助に断りなく処分してしまい、長男だった宗助は御米とスキャンダル結婚をしたが故に財産を相続することができなかったということが、この夫婦の不幸の始まりだったのです。

かつて京都帝国大学で同窓だった友人の伝手をたどり、二人が東京に戻ったのが2年前です。住んでいるのは「崖下の家」と言われていますが、崖の上には元旗本の大家である坂井の家があります。かつて御家人の敷地であった斜面を削って平地にし、そこに賃貸住宅を建てたという設定ですので、宗助夫婦の借家の裏は崖になっているのです。

結婚6年目の宗助と御米夫婦が、いままではほとんど他人とは付き合わないでいたのに、崖上の坂井宅に泥棒が入り、盗んだ文箱を宗助の敷地に落としていったため、その文箱を返しに坂井宅に行ったことで、社会的に孤立していた宗助夫婦と坂井家との付き合いが始まります。

叔父に養育されていた弟の小六も、叔父が亡くなり跡取りの安之助から大学に進学するための学資は払えないと言い渡され、兄である宗助に面倒を見てもらうよう言い渡されていました。しかし、宗助がなかなか具体的に連絡を取り合うこともなかったため、心配になった小六がどうなったのかと訪ねてくるのが10月31日の日曜日で、その夕食での伊藤博文の暗殺をめぐる話は第一章でも紹介しました。

坂井には満州にいる弟がいて、その友人に安井という男がいることが物語の後半で発覚します。そこから宗助は、安井と出会わないために鎌倉の禅寺に逃げ出していくというふうに物語は展開し、結果として安井とは鉢合わせをせずに済みます。しかし、やはり安井が東京にいつくるか分からない。そんな宙づりの終わり方をする小説が『門』なのです。

冒頭の日常会話に秘められた真相

『門』の冒頭は次のように始まります。

【宗助は先刻(さっき)から縁側へ坐蒲団を持ち出して、日当りの好さそうな所へ気楽に胡坐(あぐら)をかいて見たが、やがて手に持っている雑誌を放り出すと共に、ごろりと横になった。秋日和(あきびより)と名のつくほどの上天気なので、往来を行く人の下駄の響が、静かな町だけに、朗らかに聞えて来る。肱枕(ひじまくら)をして軒から上を見上げると、奇麗な空が一面に蒼(あお)く澄んでいる。その空が自分の寝ている縁側の、窮屈な寸法に較べて見ると、非常に広大である。たまの日曜にこうして緩(ゆっ)くり空を見るだけでもだいぶ違うなと思いながら、眉を寄せて、ぎらぎらする日をしばらく見つめていたが、眩(まぼ)しくなったので、今度はぐるりと寝返りをして障子の方を向いた。障子の中では細君が裁縫(しごと)をしている。】

最後の「裁縫」という漢字にあえて「しごと」というルビが振られています。漱石文学の小説の特徴は、「裁縫」という女性のおこなう縫物に「しごと」というルビを振るところにあります。大学の教授だった漱石の自伝的な小説『道草』においても、主人公健三の大学教師としての「仕事」と妻の「裁縫」は、「しごと」というルビで等価におかれています。

【「おい、好(い)い天気だな」と話しかけた。細君は、
「ええ」と云ったなりであった。宗助も別に話がしたい訳でもなかったと見えて、それなり黙ってしまった。しばらくすると今度は細君の方から、

「ちっと散歩でもしていらっしゃい」と云った。しかしその時は宗助がただうんと云う生返事（なまへんじ）を返しただけであった。

二三分して、細君は障子の硝子（ガラス）の所へ顔を寄せて、縁側に寝ている夫の姿を覗（のぞ）いて見た。夫はどう云う了見か両膝を曲げて海老のように窮屈になっている。そうして両手を組み合わして、その中へ黒い頭を突っ込んでいるから、肱（ひじ）に挟まれて顔がちっとも見えない。

「あなたそんな所へ寝ると風邪（かぜ）引いてよ」と細君が注意した。細君の言葉は東京のような、東京でないような、現代の女学生に共通な一種の調子を持っている。

宗助は両肱の中で大きな眼をぱちぱちさせながら、

「寝やせん、大丈夫だ」と小声で答えた。】

ここで主人公宗助が、あぐらをかいた身体姿勢を持続することができないということが明示されています。最初の一文では、わざわざ座布団を縁側へ持ち出してあぐらをかいていたのですが、すぐに横になって肱枕をして軒から上を見上げています。やがて障子の向こうで細君が「裁縫（しごと）」をしている姿を見つけて「おい、好い天気だな」と声をかけ、それで夫はどうしているかと御米が障子のガラス越しに縁側で寝転ぶ夫を見ています。これは明らかに日露戦争後の社会だとはっきりわかる場面でもあります。

すでに皆さんの家からはガラス窓の入った障子はなくなっているかもしれませんが、障子はもともと紙と木でつくる日本家屋のなかにおいて、高価であった和紙を木組の格子に貼って明かり取りの役割をしてきました。日清・日露の二つの戦争を経て、とりわけ日露戦争を目指して、政府は海軍の新しい軍艦を日清戦争後の国家予算の多くを注ぎ込んでつくっていました。蒸気船には必ず強化ガラスの窓が必要になります。また、大砲の照準を定めるためのレンズを作るためにも、ガラスの技術はとても重要なものになり、一気に高度に発達していきます。二つの戦争を経てガラスの生産技術が一気に高まったために、相対的に安くガラスを生産できるようになり、障子にガラスを組み込んだガラス障子というものが普通の家の内装に使われるようになった時代を象徴していると思われます。何気ない夫婦の日常の描写ですが、その一つひとつに日露戦争後の日本が国際的関係性でどのような段階になっているのかが表現されています。

細君は障子を閉めたまま、明かり取りのガラス越しに「ちっと散歩でもしていらっしゃい」と言いながらのぞいてみると、宗助は「両膝を曲げて海老のように窮屈になって」います。日曜日の縁側にわざわざ座布団を持ち出してくつろごうとしていたにもかかわらず、なぜ宗助はこのような姿をしているのか。敏感な方は、この姿は生まれる前の胎児の姿であるということに気づかれると思います。この宗助の取る姿勢、身体のあり方のなかに、宗助自身も意識していない彼の心の奥底の無意識の領域のこだわりが表れていて、妻の御米が障子のガラス越しにわざわざ外を眺めてみているという設定になっているわけです。この最初の場面における夫婦のあり方を記憶にとどめておいていただきたいと思います。

【それからまた静かになった。外を通る護謨車(ゴムぐるま)のベルの音が二三度鳴った後から、遠くで鶏の時音（とき）をつくる声が聞えた。宗助は仕立おろしの紡績織（ぼうせきおり）の背中へ、自然と浸み込んで来る光線の暖味を、襯衣（シャツ）の下で貪ぼるほど味いながら、表の音を聴くともなく聴いていたが、急に思い出したように、障子越しの細君を呼んで、

「御米、近来の近の字はどう書いたっけね」と尋ねた。細君は別に呆れた様子もなく、若い女に特有なけたたましい笑声も立てず、

「近江のおうの字じゃなくって」と答えた。

「その近江のおうの字が分らないんだ」

細君は立て切った障子を半分ばかり開けて、敷居の外へ長い物指を出して、その先で近の字を縁側へ書いて見せて、

「こうでしょう」と云ったぎり、物指の先を、字の留った所へ置いたなり、澄み渡った空を一しきり眺め入った。宗助は細君の顔も見ずに、

「やっぱりそうか」と云ったが、冗談でもなかったと見えて、別に笑もしなかった。細君も近の字はまるで気にならない様子で、

「本当に好い御天気だわね」と半ば独り言のように云いながら、障子を開けたまままた裁縫（しごと）を始めた。すると宗助は肱で挟んだ頭を少し擡（もた）げて、

「どうも字と云うものは不思議だよ」と始めて細君の顔を見た。】

このあと宗助は自分が最近字を忘れるのは「神経衰弱」だからなどと言い訳をするのですが、「近来」

の〝近〟の字が分からないので、最近のことが記憶からなかなか思い出せないと言っています。それを御米が近来の〝近〟という音読みの漢字を近江の〝近〟の字ではないかと訓読みで言って、障子を開けて裁縫に使っていた物差しで縁側に書いて見せると、宗助は「やっぱりそうか」と答え、そして「どうも字と云うものは不思議だよ」と続けるのです。ここでは、宗助の記憶の劣化が象徴的に表現されています。『門』という小説の後半では、宗助と御米の間で流産したり、生まれてすぐ死んだり、死産した三人の子どもの記憶の在り方が重要な主題となっていきます。

日本の近代工業成立過程を背景に

『門』という朝日新聞に3カ月以上連載された長編小説の冒頭を、ほぼ全部紹介しました。平凡な秋の一日、それなりの年月を連れ添った夫婦の日常以上でも以下でもない会話が記されていて、なにも面白いところはなかったと思います。けれども『門』という長編小説の真相は、この冒頭にすべてのディテールが組み込まれているのです。

まず一つ目に重要なのが、宗助が身にまとっている着物が、「仕立おろしの紡績織」と表現されていることです。役所勤めの宗助はいつも洋服を着て仕事に出勤し、帰ると和服に着替えてくつろぐので、御米は箪笥のある部屋で和服から洋服、洋服から和服へと着替えを介助するのが、夫婦のウィークデーの日課なわけです。けれどこの日は日曜日なので、朝から和服を着てくつろいでいる。それを「仕立おろしの紡績織の背中」と表現しているところが、この小説の末尾までつながる大事な設定です。

「紡績織」という3文字は、宗助が着ている和服が機械工業製品として作られた織物だということを表しています。「紡績」という熟語は機械で糸をつむぐことを指し、日本の近代化そのものを表している言葉でもあるわけです。日本が「文明開化」「富国強兵」政策に乗り出したとき、綿工業生産品を支配していたのは大英帝国でした。日本の産業の近代化の試金石は、江戸時代から生産していた綿花が綿糸を作り布までにする過程をどうしたらイギリスなみの機械工業として大量生産することができるか、ということでした。薩長藩閥政権が成立する前、薩長と江戸幕府が戊辰戦争をした1867年――漱石・夏目金之助が生まれた年ですが――このとき日本で初めての機械紡績工場が薩摩藩でつくられました。この薩摩の分工場として関西の堺の紡績工場がつくられ、それとは別に江戸の木綿問屋だった鹿島万平が鹿島紡績所をつくります。ですから糸を機械で生産する機械紡績は、明治維新の新しい時代と連動していたということです。

当時の紡績機械は、2000個の糸巻き機がついた「二千錘紡績」と呼ばれ、動力は水車、イギリスで開発された水力紡績機械でした。しかし、水車式紡績ではなかなか生産高は上がらず、国産綿は一気に大量生産できない状態でした。それで原材料として、安価だが太い木綿糸しか紡げない国産や中国産の綿花から、薄い布が織れる細いインドやアメリカの木綿糸に変えることが求められていました。イギリスが機械紡績産業を興した綿花の生産地はインドでしたし、アメリカ北部の綿工業製品の原材料は南部の黒人奴隷によるプランテーション型綿産業で作られていたからです。そうであるがゆえに、日本の明治維新の直後に、アメリカでは南北戦争がおきたのです。

こうして、世界的な綿工業製品の流れのなかに日本も入っていきます。日清戦争までは、「あゝ野麦峠」でご存じのように、農村で食べていくことのできない、しかし女郎屋に売るにはあまりにも不憫だと親たちが思った若年女性を、女工という安価な労働力として、綿工業が発展しました。日清戦争が始まる１８９４（明治27）年には、渋沢栄一がつくった大阪紡績会社、三井銀行がバックアップした鐘淵紡績（カネボウ）、１８８９（明治22）年には日露戦争後に大きく拡大する摂津紡績会社など代表的な紡績工場が、創業していくことになります。

日清戦争で国家予算を数倍上回る戦争賠償金を獲得したことによって、水力から蒸気機関に、機械の動力を一気に切り替えるという紡績産業革命が進行しました。そして、それまで糸だけを作っていた紡績工場に併設して、織物を作る工場が建てられ、綿糸の生産と綿織物の生産を工場内で一体化していきます。それは一般的には産業革命以降の技術革新の流れなのですが、日本ではそれは必ずしも当たり前ではなく、日清戦争後の戦争賠償金の基幹産業への投入による大きな産業構造の転換によってもたらされたものです。

この時期、日本の海軍力も海外の技術を導入して一気に整備されるなど、あらゆるレベルでの工業化が進んでいきますが、織物産業も軍服を作ることにおいて軍需産業と一体なのです。大日本帝国でも、日露戦争の準備に際して、軍需系の繊維産業は軍服の生産を一気に拡大し、その原材料を作る紡績も綿織物も急速に生産高を上げていくことになります。

『門』の舞台になっている１９０９（明治42）年には、日本における工業綿織物は輸出が輸入を上回り、工業製品を国外に輸出してもうけることのできる近代国家になったのです。ですから、宗助が身につけていた「紡績織」は、機械工業製品としての織物だという、日本の工業形態のあり方を示している言い回しなのです。

その直前に「護謨(ゴム)車(ぐるま)のベルの音が二三度鳴った」とあるのも大事で、これは人力車の車輪が鉄輪からゴム輪に代わったということです。人力車を引いて走る場合、ゴム輪に変えると音がしなくなりますから、人力車が通ることをベルの音で歩行者に知らせなければならなくなったということです。ゴムタイヤが開発されたのはどういう事情からか。鉄の車が鉄の道を走るのが鉄道であり、その上を走る蒸気機関車は石炭を燃やして外燃機関である蒸気機関で動かしています。ところが、石油の上澄みのガソリンを内燃機関としてシリンダーのなかで爆発させて動かす自動車という乗り物が作られると、ゴムタイヤで普通の道を走ることになります。こうした交通機関の技術革新がエネルギー産業を転換させた歴史的経緯が、何気ない冒頭の表現に組み込まれているわけです。

子どもが産めない夫婦の秘密

さて宗助は、父親が残した唯一の遺品である酒井抱一が描いた屏風(びょうぶ)を、大家の家に出入りしている古道具屋に35円で売ることができました。それで少し余裕ができて、長靴を買うなど冬の準備をしますが、まだお金が余っていました。年末を迎えて、水道税の相談に坂井家を訪れることになります。すると坂井家に、山梨から布を売る男がきていて、宗助は坂井から正月の晴れ着に購入してはどうかと勧められたため、手元にいくらかあったお金で買うことにしました。それは、山梨で作られた、手で紡いだ糸を手織りにした反物でした。

もともと絹の布というのは、人類の布文化のなかでは古くから中国で生産されたものです。当時は海路が開発されていませんでしたから、ゴビ砂漠をはじめとする地獄のような陸路をヨーロッパまで運ぶ、いわゆるシルクロードが開発されました。そこから、砂漠の遊牧民である蒙古民族、アラビア系の隊商を組む人たちを含め、アジアの中華文化圏とヨーロッパの文化圏が布の売買でつながれたわけです。しかし、先にもお話ししたとおり、16世紀に大航海時代に突入し、海路で布を輸送することが可能になります。それにより、植民地化したインドで原材料の綿花を調達し、本国イギリスに運んで石炭を動力に工業紡績と織布をおこない、これを人口の多い中国やインドに売るという三角貿易が、19世紀の産業革命後の機械産業資本主義の決定的なあり方になっていきます。

日本にペリーが来航したときにアメリカは、奴隷制による安価で生産される南部の綿花を買い付け、北部工業地帯で綿糸や綿織物を作って世界に輸出し、イギリスにつぐ世界第2位の機械化された綿製品生産国になっていました。ペリーはもともとメキシコ艦隊の艦長で、海軍に鉄製の蒸気船を導入することを要請した、アメリカの「蒸気船海軍の父」と言われています。そして、鉄の軍艦、日本でいう黒船を率いて日本を訪れますが、そのときに要求したのは開港です。綿製品を、北部工業地帯から大陸横断鉄道でサンフランシスコやサンディエゴといった優良な港を持つカリフォルニアへ運び、大西洋のように荒れない太平洋を経て巨大な消費地である中国やインドに売ることができればいい。船で一番かさばる荷は真水と石炭でしたから、日本で帰りの片道分のそれらが調達できれば、その分多くの売り物の綿織物が積めるのです。これが浦賀へのペリー来航のねらいです。

ですから、日本の近代化そのものは綿製品の世界的な貿易形態によって規定されていたわけです。

開港直後の日本にとって最も有力な輸出品は絹織物でした。それで、最初の工場における織物の機械生産は、養蚕が盛んで絹の生産地でもある北関東が拠点になります。最初に鉄道が敷かれたのも群馬の高崎から東京の八王子まで、そこから南へ延び、八高線と横浜線が日本のシルクロードと呼ばれています。現在でも八王子には絹問屋がいくつも残っています。

また、薩長に戊辰戦争で敗北した旗本の半分ほどは、徳川慶喜と共に静岡に移りました。その場合、山手にあった屋敷は捨てられ、薩長藩幕政権によって接収・分割されて政権の役人たちの住居になっていきます。たとえば、横浜正金銀行という国家と結びついた金融機関がありましたが、その銀行の幹部であった永井荷風の父とその一家が住んだのも文京区の山手にある一角でした。一方で、上野の彰義隊にはかかわらず屋敷を空け渡さずに居残った旗本たちもいましたが、そういう人たちも完全に干されてしまいます。どうしたかというと、屋敷の敷地はありますから、そこに茶畑を作ったり、桑を植えて養蚕農家に葉を売りさばいて、なんとか生計を立てたという歴史があります。

『門』の宗助が間借りをしている大家の坂井家は元旗本ですから、明治の初年には養蚕をしている農家と敷地に植えていた桑で結びついていたはずです。絹製品が主要な輸出品であったころまでは輸出に振り向けられて商品は余ることはなかったのですが、『門』が発表された年、1910（明治43）年に日本における工業綿製品が輸入より輸出が上回るようになりました。それで、山梨の手工業の絹紡績や織布を営んでいる男が年末になると東京に手織りの絹織物を行商にやってきて、それをあなたもどうかと坂井から宗助が勧められたわけです。十三章から引用します。

【彼は坂井を辞して、家(うち)へ帰る途中にも、折々インヴァネスの羽根の下に抱えて来た銘仙(めいせん)の包(つつみ)を持ち易(か)えながら、それを三円という安い価で売った男の、粗末な布子(ぬのこ)の縞(しま)と、赤くてばさばさした髪の毛と、その油気のない硬(こわ)い髪の毛が、どういう訳か、頭の真中(まんなか)で立派に左右に分けられている様を、絶えず眼の前に浮べた。

宅では御米が、宗助に着せる春の羽織をようやく縫い上げて、圧(おし)の代りに坐蒲団の下へ入れて、自分でその上へ坐っているところであった。

「あなた今夜敷いて寝て下さい」と云って、御米は宗助を顧みた。夫から、坂井へ来ていた甲斐(かい)の男の話を聞いた時は、御米もさすがに大きな声を出して笑った。そうして宗助の持って帰った銘仙の縞柄と地合(ぢあい)を飽かず眺めては、安い安いと云った。銘仙は全く品の良いものであった。

「どうして、そう安く売って割に合うんでしょう」としまいに聞き出した。

「なに中へ立つ呉服屋が儲け過ぎてるのさ」と宗助はその道に明るいような事を、この一反の銘仙から推断して答えた。

夫婦の話はそれから、坂井の生活に余裕のある事と、その余裕のために、横町の道具屋などに意外な儲け方をされる代りに、時とするとこう云う織屋などから、差し向き不用のものを廉価に買っておく便宜を有している事などに移って、しまいにその家庭のいかにも陽気で、賑やかな模様に落ちて行った。宗助はその時突然語調を更(か)えて、

「なに金があるばかりじゃない。一つは子供が多いからさ。子供さえあれば、大抵貧乏な家でも陽気になるものだ」と御米を覚(さと)した。

その云い方が、自分達の淋しい生涯を、多少自ら窘めるような苦い調子を、御米の耳に伝えたので、御米は覚えず膝の上の反物から手を放して夫の顔を見た。宗助は坂井から取って来た品が、御米の嗜好に合ったので、久しぶりに細君を喜ばせてやった自覚があるばかりだったから、別段そこには気がつかなかった。御米もちょっと宗助の顔を見たなりその時は何にも云わなかった。けれども夜に入って寝る時間が来るまで御米はそれをわざと延ばしておいたのである。

二人はいつもの通り十時過床に入ったが、夫の眼がまだ覚めている頃を見計らって、御米は宗助の方を向いて話しかけた。

「あなた先刻子供がないと淋しくっていけないとおっしゃってね」

宗助はこれに類似の事を普般的に云った覚はたしかにあった。けれどもそれは強がちに、自分達の身の上について、特に御米の注意を惹くために口にした、故意の観察でないのだから、こう改たまって聞き糺されると、困るよりほかはなかった。】

少し長く引用しましたが、宗助が3円で銘仙の反物を買ってきて御米にプレゼントしました。まもなく正月ですから御米は新年に宗助の着る着物を仕立て、座布団で敷いて縫い目の座り圧しをしているところで、帰ってきた宗助に布団で寝圧しを頼みます。御米は渡された銘仙を「縞柄と地合を飽かず眺めては、安い安い」と言います。そこから御米の夜寝てからの告白「あなた先刻子供がないと淋しくっていけないとおっしゃってね」になります。御米が無意識に口にしてしまった「安い」が御米と宗助が6年前に裏切った「安井」の記憶に働きかけ、自分が子どもを産めないことを宗助に詫びることになるのが、この夜の夫婦のあり方になるわけです。

【「疾からあなたに打ち明けて謝罪まろう謝罪まろうと思っていたんですが、つい言い悪かったもんだから、それなりにしておいたのです」と途切れ途切れに云った。宗助には何の意味かまるで解らなかった。多少はヒステリーのせいかとも思ったが、全然そうとも決しかねて、しばらく茫然していた。すると御米が思い詰めた調子で、

「私にはとても子供のできる見込はないのよ」と云い切って泣き出した。】

御米はここで、ずっと宗助に言わないできたことを打ち明けるわけです。先に指摘したように宗助と御米の間では、三人の子どもが、流産、産後の死、そして死産と、この世で命を長らえることができない生まれ方をしています。

最初の子どもは広島で流産してしまいます。広島での生活はお金もなかったので下女も使わず、家事労働は御米がすべて自分でやっていたためです。この流産の責任は、父から勘当され、京都帝国大学を卒業せずに低賃金の職に就いたという、宗助の経済的な能力の低さにあったことは明白です。そして、日露戦争が終わると広島に職がなくなり、宗助は御米とともに福岡に移りますが、そこで生まれた子どもは早産でした。生まれたのが冬だったので、医者にはなるべく部屋を暖かくして育てるよういわれ、日本家屋には不釣り合いな暖炉まで作りましたがそこで経済力が尽きて、石炭の生産地の福岡にいたにもかかわらず石炭まで経済力が回らなかったために、まもなく早産した子も亡くしてし

まいました。そして、韓国統監府に赴任していた友人から東京での就職口を紹介してもらい、崖下の借家に宗助夫婦は移ってきました。その冬に妊娠した御米は、井戸端で転んでしまいます。流産はしませんでしたが、子どもが生まれるときに、胎内でへその緒が首に絡む「臍帯纏絡」という状態で、産婆の不手際もあって結果としてへその緒で窒息し死産となりました。

その記憶を、一反3円の銘仙を「安い安い」と言ってしまった御米は思い出すのです。御米が思い出したお産のあとの事態はどういう状態だったのか。

【経験のある婆さんなら、取り上げる時に、旨く頸に掛かった胞を外して引き出すはずであった。宗助の頼んだ産婆もかなり年を取っているだけに、このくらいのことは心得ていた。しかし胎児の頸を絡んでいた臍帯は、時たまあるごとく一重ではなかった。二重に細い咽喉を巻いている胞を、あの細い所を通す時に外し損なったので、小児はぐっと気管を絞められて窒息してしまったのである。

罪は産婆にもあった。けれどもなかば以上は御米の落度に違なかった。臍帯纏絡の変状は、御米が井戸端で滑って痛く尻餅を搗いた五カ月前すでに自ら醸したものと知れた。御米は産後の蓐中にその始末を聞いて、ただ軽く首肯いたぎり何にも云わなかった。そうして、疲労に少し落ち込んだ眼を霑ませて、長い睫毛をしきりに動かした。宗助は慰さめながら、手帛で頰に流れる涙を拭いてやった。

これが子供に関する夫婦の過去であった。この苦い経験を嘗めた彼らは、それ以後幼児について余り多くを語るを好まなかった。けれども二人の生活の裏側は、この記憶のために淋しく染めつけられて、容易に剥げそうには見えなかった。】

思い起こすことを避けていた子どもの死をめぐるつらい記憶が、この夜御米によみがえってきてしまったのです。それは、三人目の子どもが、御米が井戸端で転んだことが遠因で、へその緒が新生児の首を絞めて死産になってしまった。そこで宗助は、それまでの二人の子どもの死因については自分の経済的な責任を自覚していましたが、今回はお前の責任だぞという意味合いの言葉が――そうは明確に言っていないにしても――御米に突き刺さったはずです。

そのことを気にして、産褥から数週間で回復した御米は、占い師を訪ねます。

【御米はその時真面目な態度と真面目な心を有って、易者の前に坐って、自分が将来子を生むべき、また子を育てるべき運命を天から与えられるだろうかを確めた。易者は大道に店を出して、往来の人の身の上を一二銭で占なう人と、少しも違った様子もなく、算木をいろいろに並べて見たり、筮竹を揉んだり数えたりした後で、仔細らしく腮の下の髯を握って何か考えたが、終りに御米の顔をつくづく眺めた末、

「あなたには子供はできません」と落ちつき払って宣告した。御米は無言のまま、しばらく易者の言葉を頭の中で噛んだり砕いたりした。それから顔を上げて、

「なぜでしょう」と聞き返した。その時御米は易者が返事をする前に、また考えるだろうと思

った。ところが彼はまともに御米の眼の間を見詰めたまま、すぐ「あなたは人に対してすまない事をした覚（おぼえ）がある。その罪が祟（たた）っているから、子供はけして育たない」と云い切った。御米はこの一言に心臓を射抜かれる思があった。くしゃりと首を折ったなり家へ帰って、その夜は夫の顔さえろくろく見上げなかった。

御米の宗助に打ち明けないで、今まで過したというのは、この易者の判断であった。】

つまり、三人目の子どもが臍帯纏絡で死産したあと、御米は占い師から「あなたは人に対してすまない事をした覚がある。その罪が祟っているから、子供はけっして育たない」と宣告されたわけです。そこで安井という、御米と宗助が一緒になる際に裏切った男のことがお互いに思い起こされて、それまで小説では語られてこなかった、安井の愛人であった御米と宗助がどう出会って、友人であった安井を裏切り、二人がどう結婚に至ったかが、抽象的に語られていくのです。

安井から逃げ出した小説の顛末

年が明けて新年のあいさつに行った際に、大家の坂井は自分にも弟がいて、満州に行って馬賊（ばぞく）とも付き合ったりもしているが、年末から友人を連れて帰ってきているから一緒に会ってみないかと言われます。この弟が最初にやっていたのは、日露戦争後の満鉄の主要事業だった大豆を、工場のある大連まで運ぶことでした。この弟について何者かと聞かれた坂井はこう答えます。

【冒険者（アドヴェンチュアラー）と、頭も尾（しっぽ）もない一句を投げるように吐いた。
この弟は卒業後主人の紹介で、ある銀行に這入（はい）ったが、何でも金を儲けなくっちゃいけないと口癖のように云っていたそうで、日露戦争後間もなく、主人の留めるのも聞かずに、大いに発展して見たいとかとなえてついに満洲へ渡ったのだと云う。そこで何を始めるかと思うと、遼河（りょうが）を利用して、豆粕大豆を船で下（くだ）す、大仕掛な運送業を経営して、たちまち失敗してしまったのだそうである。元より当人は、資本主ではなかったのだけれども、いよいよという暁（あかつき）に、勘定して見ると大きな欠損と事がきまったので、無論事業は継続する訳に行かず、当人は必然の結果、地位を失ったぎりになった。】

坂井は旗本の跡継ぎとして山の手の土地を保持してきたがゆえに、その土地に借家を建てて貸し出して経済的に安定していたが、弟は兄の反対にもかかわらず日露戦争後まもなく満洲に一旗揚げに行って、満鉄の豆粕大豆を船で運搬する仕事に就こうとしたけれど失敗し、その後馬の生産に転換したのです。坂井は弟から聞いた蒙古の話などをしたうえで、もう一度キーワードとして言います。

【「冒険者（アドヴェンチュアラー）」と再び先刻（さっき）の言葉を力強く繰り返した。「何をしているか分らない。私には、牧畜をやっています。しかも成功していますと云うんですがね、いっこう当（あて）にはなりません。今までもよく法螺（ほら）を吹いて私を欺したもんです。それに今度東京へ出て来た用事と云うのがよっぽど妙です。何とか云う蒙古王のために、金を二万円ばかり借りたい。もし借してやらないと自分の信用に関わるって奔走しているんですからね。そのとっぱじめに捕まったのは私だが、いくら蒙古王だって、いくら広い土地を抵当にするったって、蒙古と東京じゃ催促さえできやしませんもの。で、私が断ると、蔭へ廻って妻（さい）に、兄さんはあれだから大きな仕事ができっこないって、威張っているんです。しようがない」

主人はここで少し笑ったが、妙に緊張した宗助の顔を見て、

「どうです一遍逢って御覧になっちゃ、わざわざ毛皮の着いたぶだぶしたものなんか着て、ちょっと面白いですよ。何なら御紹介しましょう。ちょうど明後日（あさって）の晩呼んで飯を食わせる事になっているから。――なに引っ掛っちゃいけませんがね。黙って向（むこう）に喋舌（しゃべ）らして、聞いている分には、少しも危険はありません。ただ面白いだけです」としきりに勧め出した。宗助は多少心を動かした。

「おいでになるのは御令弟（ごれいてい）だけですか」

「いやほかに一人弟の友達で向（むこう）からいっしょに来たものが、来るはずになっています。安井とか云って私はまだ逢った事もない男ですが、弟がしきりに私に紹介したがるから、実はそれで二人を呼ぶ事にしたんです」】

ここで坂井の弟の満州での友人が安井だと明らかになります。青ざめた宗助は家に戻り、どうやってこの危機を逃れるかを考えることになります。実際には、坂井宅に来たのが宗助と御米が裏切った

安井本人なのかどうかは、まったく分からないままこの小説は終わることになるのですが……。

しかしここは、『満韓ところどころ』についてお話ししたところで明らかにしたように、日露戦争以降の南満州鉄道株式会社がどういう事業をやっていたのか、その中心が輸出製品としての植物油、マーガリンの原料になる大豆油の生産であり、その輸送を船でおこなう事業に弟が金を注ぎ込んだ挙句に失敗してしまい、その穴埋めを兄に頼んでいる、という設定になっているわけです。

そうすると、この『門』という小説の時代背景を漱石がどのように認識していたのかということが明らかになってきます。小説の冒頭では伊藤博文暗殺事件が登場し、御米がいったいなぜ伊藤博文がハルビンで安重根に殺されたのかと聞いても、小六も宗助もまともな答えをすることができない場面が出てきます。紡績織の衣服を着ていた宗助からは、日本の綿製品の輸出が輸入を上回り、独占企業が海外に輸出をすることによって国家が儲けている、そういう国家独占資本主義時代に日本が突入しているなかでおきている人間関係のドラマであることが明確になっていきます。そして、同じ社会的階級的位置にあったかもしれない坂井家と野中家なのに、不動産資本をうまく運用できた坂井は成功し、それを叔父にだまされるように失った宗助はそうならず、それが子だくさんの幸せな家庭か、もう子どもを産めないと打ち明けなければならない宗助・御米夫婦の悲劇なのかを分ける、そういう階級的なあり方として構造化されているのが『門』という長編小説の深層ではないかと考えます。もちろん表層で読めば何気ない下級役人夫婦の日常なのですが、しかしそこには、「明治維新」以後近代日本がどのように形成され、植民地主義的帝国主義に転換してきたかについての歴史的な考察が、小説内部の情報としてしっかりと張り巡らされています。

つまり、南満州鉄道総裁の中村是公から招待された紀行文の『満韓ところどころ』で、伊藤博文が植民地化した「韓」については一切書かず、その代わりに朝日新聞に連載した小説がこの『門』だったということを考えてみますと、漱石がこの長篇連載小説を書きながら、満州での旅をどのように思い起こしながら、新聞小説の読者に「韓」の問題を提起しようとしていたかということの一端が、見えてくるのではないかと思います。

第三章

『満韓ところどころ』を旅する

203高地の記念碑とロシア式カノン砲の砲身（手前）

私たちは、２０１８年８月７日から12日にかけて、「大連・旅順・長春・瀋陽（奉天）６日間」という中国ツアーを実施しました。明治維新１５０年にあたり、夏目漱石が見た『満韓ところどころ』の足取りを追い、現在の日本で生きる私たちへのメッセージを受け止めようという一種変わった旅でした。

この旅の参加者には、お生まれが旧満州の方が数名いらっしゃいました。旅順のたたかいで生き残ったお父様を偲んで参加されたご高齢の方もおられましたが、これはよくぞ命がつながったと思います。私の父親、小森良夫も満州生まれです。それは、私の祖父の小森忍が南満州鉄道の調査部というところに勤めていたからです。中国の焼き物で有名な景徳鎮（ケイトクチン）というところがありますが、そこには、唐代などの古い焼き物の破片が川の中に残っていて、それを拾い集めて釉薬（ゆうやく）（うわぐすり）の研究をし、唐三彩（とうさんさい）を復元するといったことを、満鉄の金でやっていたのです。そういう意味でいうと、満州にたいしては小森家の責任もありますので、それを皆さんといっしょに考えながら旅をしていきたいという思い

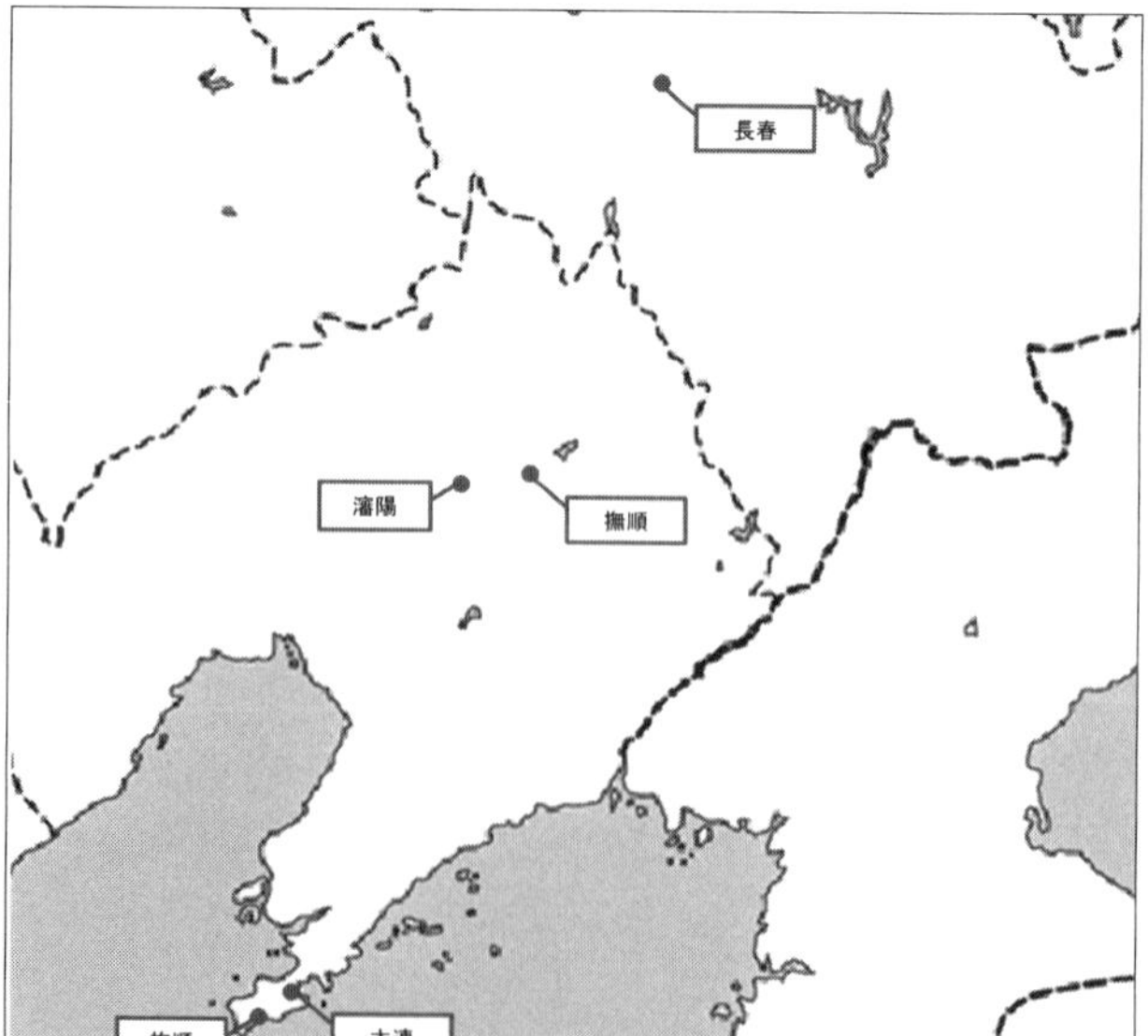

長春
瀋陽
撫順
旅順
大連

「満州ツアー」旅程（2018 年 8 月 7 ～ 12 日）

もあります。
その「満州ツアーところどころ」についてお話ししたいと思います。

（1）日清・日露戦争と南満州鉄道

〈旅順〉日露戦争と漱石小説

私たちは、南満州鉄道株式会社が経営していた旧大連ヤマトホテル（大連賓館）や、南満州鉄道株式会社旧本社社屋などを見学したのち、夏目漱石と同様、日清・日露戦争が戦われた旅順を訪れました。漱石が新聞小説作家として最初に発表したのが『虞美人草』という小説です。この小説から漱石の日露戦争観を読み取ることができます。この小説は、甲野と宗近といういとこ同士の二人の青年が京都旅行をしている、という設定から始まります。甲野は哲学者です。帝国大学を卒業した宗近は、叔父にあたる甲野の父親が外交官だったので、その跡を継ごうと外交官試験を受けたのですが1年目は落ちてしまい、今年2回目の試験を受けた後に、甲野と一緒に京都に行くことになったのです。

その二人が日露戦争について、京都の天龍寺で論争するという印象的な場面があります。そこで甲野は、「日露戦争を見ろ」「日本と露西亜（ロシア）の戦争じゃない。人種と人種の戦争だよ」と、宗近に強く言います。それは、甲野さんの父親は日露戦争の講和条約がらみの外交交渉に携わった外交官でしたが、外国で死んでしまったことからの発言です。また、「知らぬ間に殺されている」という表現がありますが、これは、ポーツマス講和条約を結ぶまでの過程がどれだけ厳しい外交交渉だったかを示しています。

もし満州で全面的な陸上戦になったとすると、陸軍戦では日本が負ける可能性もありました。日本海海戦で勝ったことで、なんとかポーツマス講和条約にこぎつけようというのが日本の外交戦略でした。交渉の結果、賠償金なしの講和になり、それに対して戦場に行っていなかった男性たちが、１９０５（明治38）年の9月8日に「日比谷焼き討ち事件」をおこしたのです。

甲野は、日露戦争は「人種と人種の戦争だ」として、「亜米利加を見ろ、印度を見ろ、阿弗利加を見ろ」と言います。ここには、ヨーロッパやアメリカの白色人種が有色人種の住む大陸をすべて支配している、帝国主義の段階に入ったという歴史認識が表れています。その「人種と人種の戦争」を象徴しているのが、旅順という戦場です。

１８９４（明治27）年から95年にかけての日清戦争においては、旅順はほとんど戦闘をせずに1日で明け渡されました。これは、清国と日本とのいわば同じ「黄色人種」同士の戦争の帰結でした。一方、日露戦争における旅順攻略は１９０４（明治37）年8月から始まり、２０３高地が落ちたのが12月5日です。1万5千人を超える死傷者がこの２０３高地一つを落す戦いのなかで発生します。

そして、旅順が攻略されたのが１９０５（明治38）年の1月1日で、この正月には「旅順陥落」という号外が、大日本帝国中にばら撒かれました。そして、この年の1月1日の日付で『ホトトギス』という、友人の正岡子規がつくった俳句雑誌に発表されたのが夏目漱石の『吾輩は猫である』です。

いまは第1回となっていますが、当初は、1回読みきりの発表でした。

この『吾輩は猫である』第1回の最後のところで、苦沙弥（クシャミ）先生が、水彩画が甘（うま）く描けないと悩んでいる夢を見た、という場面が出てきます。夢のなかでは、自分の下手な水彩画を誰かが額縁に入れたらとても上手に見えた。けれども、「夜が明けて眼が覚めてやはり元の通り下手である事が朝日と共に明瞭に」なった、というのです。それを日記に書いたのが12月4日なのですが、その翌日の12月5日、アンドレア・デル・サルトという、イタリアの画家の真似をして写生をすると絵が上手くなるよと苦沙弥に教えた美学者がやってきて、「実は、君、あれは出鱈目（でたらめ）だよ」という打ち明け話をするのです。1904年12月5日といえば、99％の大日本帝国臣民は、「203高地」陥落に歓喜して、街頭に出て騒いでいたのです。にもかかわらず、『吾輩は猫である』の苦沙弥先生と金縁眼鏡の美学者は、なぜかアンドレア・デル・サルトの話をしているのです。

この謎は、『ホトトギス』の当時の読者の誰一人として分からなかったと思います。しかし、今から考えてみると、日露戦争の狂乱に対して漱石夏目金之助がきわめて批判的な態度をとっていたことが分かります。旅順攻略に関する乃木希典の無謀な戦闘方針のあり方に対して漱石は、くり返し自らの小説のなかで批判を加えています。なにより、戦争を批判した小説の一つとして、戦場で死んでしまった友人を弔う『趣味の遺伝』という小説がありますので、機会があったらぜひお読みください。

〈東鶏冠山・水師営〉当時の陸軍の食糧・感染症事情

私たちが見学した東鶏冠山は、帝政ロシアが日本軍からの防御のために建設した保塁です。あの塹壕の、天然の岩にコンクリートと石、そして泥土で覆ってつくられた複雑な内部構造を見ると、この旅順の戦いがどれだけ大変だったのかということが十分に想像できます。

当初、乃木希典大将が指揮するところの第3軍は、これほどの要塞が構築されているとは認識していませんでした。それで、少し高いところがあるから、まずそこから占領しようということで進軍し、大きな被害を出したわけです。

そして、２０３高地にも、東鶏冠山と同じような要塞や塹壕がつくられていて、そこの見えないところから大砲で砲撃され、マキシム機関銃で攻撃され、日本軍はただ死者を累積させていくというきわめて凄惨な戦いになりました。しかし、乃木希典は基本的には前にすすめという方針を変えず、何度も総攻撃をくり返しました。先ほどご紹介した『趣味の遺伝』という漱石の小説では、乃木希典と

日露戦争で帝政ロシアが建設した東鶏冠山保塁

おぼしき老将軍が新橋の駅に降りたったときに、旅順で命を落とした友人の突撃するときの叫び声が主人公に思い浮かべられた、というところから始まっています。

日本本土には、本来は徴兵されてしかるべきなのに、さまざまな形で徴兵を忌避し実際に戦場には行かなかった男性たちがいました。漱石もその一人でしたが、彼らは強い危機意識を持ちます。死傷者がどんどんでますから、徴兵年齢は32歳まで引き上げられ、さらに引き上げられるかもしれなかったからです。

漱石夏目金之助は、日清戦争の直前の１８９３（明治26）年に、自らの戸籍を北海道後志国（しりべしこく）岩内に移しました。北海道は徴兵制が適用されていなかったのです。これが日清戦争直前の徴兵忌避の基本的なやり方だったのですが、日清戦争後、北海道でも徴兵令が布かれ、たとえ戸籍を北海道後志国岩内に持っていても、徴兵されることになりました。１９０５年、夏目金之助は38歳ですから、対象年齢がさらに上がれば自らも徴兵対象になったかもしれない状況でした。大日本帝国は戦争する底力が尽きたという指摘があったほど、人的にも厳しい状況になっていたのが１９０４年の年末だったわけです。

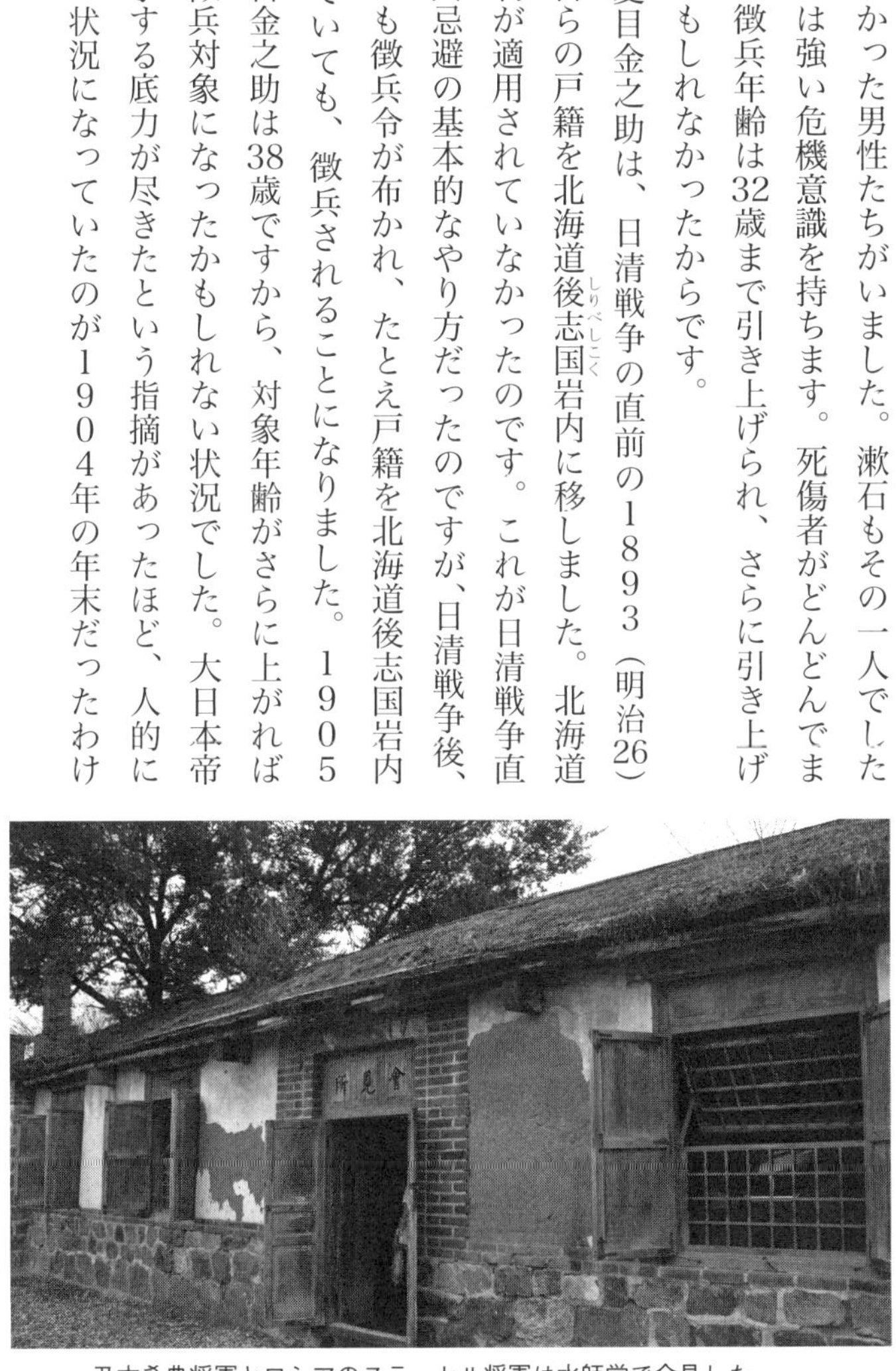

乃木希典将軍とロシアのステッセル将軍は水師営で会見した

そして、12月5日にようやく203高地を落とし、そこから旅順の要塞全体を攻撃する条件ができ、1905年の1月1日に旅順が陥落します。そして、旅順攻略戦でロシア軍が降伏した後、指揮を担当していたロシアのステッセル将軍と乃木希典将軍は水師営（すいしえい）で会見をおこない、旅順での戦闘は終結したのです。

日清戦争と日露戦争の違いについては、こうした事情もありました。日清戦争までは、日本の陸軍の大きな問題は、兵士は国内でしか訓練を受けていませんでしたから国外での菌による感染症に弱く、食べ物や水を通して胃腸関係の感染症になることが多発したのです。これは、陸軍の医療を担当していた林太郎森鷗外ともかかわることです。一方海軍は、戦艦の多くは海外でつくられたこともあり、作戦上からも洋行することが多かったため、海軍の横須賀カレーは有名ですが、パン食で野菜や肉を食べ、牛乳を飲んだりしていました。だから脚気になる心配はありません。兵士の食生活にはさまざまな変化があり、外国で飲み食いしていますから国外の細菌ともお近づきになっているという違いがありました。

それは、徴兵された兵士たちの状況を歴史に即して考えると分かります。江戸幕藩制社会では基本的に庶民の移動は禁じられており、特別の事情がなければ自分の村から外にはでられませんでした。それで、300年間という長いあいだ、当時は短命ですから何世代にもわたって、庶民は地元の閉ざされた菌とだけ付き合っていたわけです。発酵する菌も地元の醸造所である酒屋の菌だけでした。それで、外国の菌による感染症にはとても弱かったのです。

陸軍の兵士たちの多くは、貧しい農民から徴兵されました。明治維新で、それまでのお上の土地が自分たちの土地になったと思ったら、凶作がつづいて税金が払えなくて地主に巻き上げられていくなかで、農家の次男、三男が徴兵されていきます。徴兵制で軍隊に入るのはいやだけれど、軍隊に入れば食べたことのない白米が食べられる、それが唯一の楽しみで、白米のご飯を腹一杯食べ続けました。白米には、玄米や麦芽入りの黒パンとは違い、でん粉類を分解する消化酵素が入っていません。それで、陸軍の兵士の多数が脚気になり、戦場に着くともはや歩けないという弱体ぶりを露呈してしまいました。『吾輩は猫である』には、胃弱の苦沙弥先生がタカジアスターゼを飲んでいるという場面がでてきます。タカジアスターゼというのは、消化酵素を含んだ薬で、胃弱の漱石も飲んでいました。高峰譲吉という化学者が海外で特許をとって生産方式を確立し、三共製薬から売りだされた薬です。

日露戦争になると、胃腸系の感染症から兵士を守る薬として「征露丸」が発売されました。いまは「正露丸」と書いていますが、征服するの「征」に露西亜の「露」、しかも「丸」は鉄砲の弾のことです。薬品の名前にも日清、日露の「戦跡」が刻まれています。ここで確認したいのは、製薬会社というのは基本的に戦争と不可分に結びついた軍需産業としての来歴をもっている、ということです。そこを漱石は、小説のなかに書き込んでいるのです。

〈白玉山から203高地へ〉激戦の跡とロシアからの戦利品

「203高地」は、漱石の文学的な関心からしても、日本の軍国主義に対してどういう態度や距離をとるのかということと深くかかわってきます。私たちがたどったのと同じ旅順から白玉山のコースを、夏目漱石もたどっています。『満韓ところどころ』でいうと、二十一章からです。

ここでは、夏目漱石が高等学校に入る予備門として通っていた駿河台の「成立学舎」でいっしょだった、佐藤友熊（ともくま）という薩摩出身の男が案内するのですが、彼は旅順で警視総長をやっているのです。大事なことは、中村是公を含めて、漱石が生きてきたさまざまな時代の同級生や同窓生の多くが、満州に集まっているということです。日露戦争後の満州経営を優秀な人材を集めておこなうという、大日本帝国の位置づけの現れなわけです。

日清戦争で一番大きかったことは、下関条約によって日本の国家予算の数倍の戦争賠償金を清国から獲ったことです。それと同時に、「三国干渉」で遼東半島をはじめ日本が領有するはずだったところをロシア、フランス、ドイツに奪い取られてしまったので、その分をまたお金として獲得しています。ここから、大日本帝国臣民のきわめてゆがんだ戦争認識が、とりわけ何らかの手立てをして徴兵制を逃れて戦場に行っていない銃後の男たちのなかに形成されてしまいます。ひと言でいうと、「戦争をやれば金が儲かる」という意識です。

夏目漱石は、こうした国民感情をかなり強く認識していたと思います。漱石は１９００（明治33）年、熊本第五高等学校の英語の教師だったときに、文部省第1回官費留学生として、ロンドンに英語の研修のために留学します。明治になって30年以上経っているのに、それまで文部省独自の留学生派遣の予算を大日本帝国政府はもたず、日清戦争の戦争賠償金ではじめてそれが可能になったということです。漱石自身も日清戦争賠償金の恩恵を受けているのです。

漱石の小説では、日清戦争の戦争賠償金が重要な影響を及ぼすのもとして使われています。これは

第四章でお話ししますが、『こゝろ』という小説で、すべての悲劇の前提になっているのは、日清戦争の賠償金をめぐる対応からです。主人公の宗助が通っていた京都帝国大学は１８９７（明治30）年にできますが、これも文部省にまわってくる予算が増えたことの証しでもあるわけです。

つまり、戦争をやって儲かるというゆがんだ思い込みが日清戦争によって形成されたことが、その後、大日本帝国が相次ぐ戦争に踏み込んでいく一つの契機になったということです。子規は日清戦争の最終段階で従軍記者として清国に入り結核を悪化させますが、漱石との文学的友情によって立ちなおり、二人は文学で生きていこうと考えるに至るわけです。子規と漱石が協力しながらつくっていこうとした文学と、日清戦争の賠償金問題とはかかわりがあるのではないか、と私は考えています。

こうして、日清戦争後の大日本帝国が国家予算を投入してエリートを教育し、社会的地位につけようとする政策とかかわって、かつての学生時代の友人たちのかなりの部分が満州にきてしまっているということになるのです。それで、日露戦争に勝って、ここを新たな植民地経営の拠点にしていこうというなかで、佐藤友熊という、いかにも薩摩人らしい名前をもった友人に、漱石は旅順の戦跡を案内してもらうことになるのです。『満韓ところどころ』の二十三章あたりを少し紹介します。

【馬車が新市街を通り越してまたこの塔の真下に出た時に、これが白玉山(はくぎょくざん)で、あの上の高い塔が表忠塔だと説明してくれた。よく見ると高い灯台のような恰好(かっこう)である。二百何尺とかと云う話であった。この山の麓を通り越して、旧市街を抜けると、また山路にかかる。その登り口を少し右へ這入(はい)った所に、戦利品陳列所がある。佐藤は第一番にそれを見せるつもりで両人(ふたり)を引張って来た。
陳列所は固より山の上の一軒家で、その山には樹と名のつくほどの青いものが一本も茂っていないのだから、はなはだ淋しい。当時の戦争に従事したと云う中尉のA君がただ独り番をしている。この尉官は陳列所に幾十種となく並べてある戦利品について、一々叮嚀に説明の労を取ってくれるのみならず、両人を鶏冠山の上まで連れて行って、草も木もない高い所から、遥かの麓を指さしながら、自分の従軍当時の実歴譚をことごとく語って聞かせてくれた人である。】

「当時の戦争に従事したと云う中尉のA君が」という記述に続けて、「この尉官は」という言い方になっています。ここは、当時の大日本帝国陸海軍を知っている人であれば常識的なことですが、私たちにはなかなか分かりにくい。この尉官と佐官の違いについて分かりやすく童話にしたのが、漱石のことが大好きだった宮沢賢治の『烏の北斗七星』というお話です。

その舞台として、前日まで戦争をしていた山烏のところに攻め入るという命令を受けていた烏の大尉が、夜が明ける直前に、烏の陣地に一羽だけ紛れ込んでいた山烏を発見し、命令はでていないのに奇襲攻撃をかけてその山烏を殺します。それを上官に報告すると、これで君は「少佐」になっていいと言われます。そして、少佐になったのだから君の部下の叙勲に関しては君がきちんとやりなさいと、新しく烏の少佐になったという言い方が何度かくり返されます。その恋人は、実戦に行かなくてよくなったので涙を流して喜んだというところで終わるのが、この童話なのです。

つまり、大尉までは戦場に出て実戦の指揮をとり、部下と一緒に血まみれになります。しかし、佐官級になると、最前線には行かずに、実戦とは離れたところで部下が軍人としてしかるべく働いているかどうかを査定し、死んだときの恩給その他の額を決めることになるわけです。だから、漱石が現在中尉であるA君について、この尉官は「従軍当時の実歴譚をことごとく語って聞かせてくれた」というのは、現場での戦闘に加わっていた人の実体験だということを伝えようとしているわけです。

乃木大将のひたすら進軍せよという命令によって、203高地はなかなか落とせなかったのに、味方の砲撃で自分の兵士が死んだとしてもそれは作戦として貫徹するのだという児玉源太郎の指揮のもとで、ようやく203高地を落とせたという事実は、圧倒的多数の日本人は知っていたのです。内地でも批判の強かった乃木希典が許容されるのは、自分の息子を現場で失ったからなのです。ですから、数年前の日露戦争の記憶が、『満韓ところどころ』の読者によみがえってくるところです。

この後、尉官であるAさんの説明がとても印象深く綴られていきます。

【始め佐藤から砲台案内を依頼したときには、今日はちと差支(さしつか)えがあるから四時頃までならと云う条件であったが、山の出鼻へ立って洋剣(サーベル)を鞭(むち)の代りにして、あちらこちらと方角を教える段になると、肝心(かんじん)の要事はまるでそっちのけにして、満州の赤い日が、向うの山の頂(いただき)に、大きくなって近づくまで帰ろうとは云わなかった。もし忘れたんじゃ気の毒だと思って、こっちから注意すると、何ようございます、構いませんと断りながら、ますます講釈をしてくれる。あんまり不思議だから、全体何の御用事が御有りなのですかと、詮索(せんさく)がましからぬ程度に聞いて見ると、実は妻(さい)が病気でと云う返事である。さすが横着な両人も、この際だけは、それじゃ御迷惑でもせっかくだからついでにもう少し案内を願おうと云う気にもなれなかった。言葉は無論出なかった。長い日が山の途中で暮れて、電気の力を借りなければ人の顔が判然（はっきり）分からない頃になって、我々の馬車がようやく旧市街まで戻った時、中尉はある煉瓦塀の所で、それじゃ私はここで失礼しますと挨拶して、馬車から下りて、門の中へ急いで這入って行かれた。この煉瓦の塀を回（めぐ）らした一構（ひとかまえ）は病院であった。そうして中尉の細君はこの病院の一室に寝ていたのである。】

この中尉は、日露戦争が終わった後、そのまま満州に残ることになり、結果として自分の妻を満州に呼んで生活しているわけです。そして、妻が病気になって入院しているので、夕方までには帰らなければならない。この中尉とその妻との関係に触れた後、印象に残った展示品の話題になります。

【A君の親切に説明してくれた戦利品の一々を叙述したら、この陳列所だけの記載でも、二十枚や三十枚の紙数では足るまいと思うが、残念な事にたいてい忘れてしまった。しかしたった一つ覚えているものがある。それは女の穿（は）いた靴の片足である。地が繻子（しゅす）で、色は薄鼠（うすねずみ）であった。その他の手投弾や、鉄条網や、魚形水雷や、偽造の大砲は、ただ単なる言葉になって、今は頭の底に判然（はっきり）残っていないが、この一足の靴だけは色と云い、形と云い、いつなん時でも意志の起り次第鮮（あざやか）に思い浮べる事ができる。】

日露戦争に勝利した大日本帝国の戦利品が、いまでいえば靖国神社の「遊就館（ゆうしゅうかん）」のようなところに陳列されていたのです。そこを妻が病気中の中尉に案内してもらったにもかかわらず、すべては忘れてしまったと書いた上で、たった一つだけ覚えているのは、「女の穿（は）い」ていた「片足」だけの「靴」だ、と述べた上で、漱石はこう続けます。

【戦争後ある露西亜（ロシア）の士官がこの陳列所一覧のためわざわざ旅順まで来た事がある。その時彼はこの靴を一目観て非常に驚いたそうだ。そうしてA君に、これは自分の妻の穿いていたものであると云って聞かしたそうだ。この小さな白い華奢（きやしや）な靴の所有者は、戦争の際に死んでしまったのか、またはいまだに生存しているものか、その点はつい聞き洩らした。】

ここで重要なのは、この靴の形を漱石はしっかりと描写しているということです。「地が繻子で、色が薄鼠であった。」これは、ロシア人の女性が穿（は）く靴ではありません。1895（明治28）年の「三国干渉」から、旅順を中心とした大連と漢字で表記された都市はロシア語の「ダリニー」の表記になります。そこで、正式な結婚かどうかは分かりませんが、現地の女性と結婚していたロシア人の士官が、この靴は自分の妻の靴であると言ったことになります。戦争をしているのはロシアと大日本帝国ですが、ロシアからの戦利品のなかに非戦闘員である女性の靴が混じっているのです。それは戦利品でも何でもないはずです。

こういう形で、戦場が清国の満州であったことをどう考えるのかという漱石なりの問題提起が、すべての戦利品は忘れてしまったが、この片足の女性の靴だけは覚えている、という書き方のなかに表れています。

この旅順の攻略をめぐる戦闘がどうだったのか。この後、漱石は二十四章でさらに綴っていきます。ここまでは、旅順の警視総監である「白馬を着けた佐藤の馬車に澄まして乗っていたが」とあります。ロシアのステッセル将軍と乃木希典将軍が会見した水師営(すいしえい)には、ステッセルが白馬にまたがっている写真が展示されていました。日本の場合には、明治天皇の白馬姿が象徴的な構図になりますが、警視総監の「佐藤」も白馬に引かせている馬車に乗っています。この辺も一つのデモンストレーションなのかと思いますが、それまで白馬をつけた馬車に乗っていたのが、山に入った段階で地元の泥だらけの馬車に乗りかえます。その馬車を操っているのがロシア人であり、そのロシア人の馬車に乗って砲台に登っていきます。その２０３高地の戦場についての記憶を、漱石はこのように語っています。

【二百三高地へ行く途中などでは、とうとうこの火打石(ひうちいし)に降参して、馬車から下りてしまった。そうして痛い腹を抱えながら、膏汗(あぶらあせ)になって歩いたくらいである。鶏冠山(けいかんざん)を下りるとき、馬の足掻(あがき)が何だか変になったので、気をつけて見ると、左の前足の爪の中に大きな石がいっぱいに詰っていた。よほど厚い石と見えて爪から余った先が一寸(いっすん)ほどもある。したがって馬は一寸が跛(ちんば)を引いて車体を前へ運んで行く訳になる。】

お気付きのように、ここで日露戦争の戦場に向かっているのですから、大日本帝国の英雄的な戦闘についてしかるべき報告を聞いたというのが、中村是公が期待していた『満韓ところどころ』なのですが、ここでは蹄に石が詰った馬のことを延々と書いていくのです。ロシア人が操っている馬の蹄に入った石については、なぜこうなるのかということを二十五章で書いています。

【その時敵も砲台の方から反対窖道と云うのを掘って来た。日本の兵卒が例のごとく工事をしているとどこかでかんかん石を割る音が聞こえたので、敵も暗い中を一寸二寸と近寄ってきたことが知れたのだと云う。爆発薬の御蔭で外濠を潰したのはこの時の事でありますと、中尉はその潰れた土山の上に立って我々を顧みた。我々も無論その上に立っている。この下を掘ればいくらでも死骸が出て来るのだと云う。

　土山の一隅が少し欠けて、下の方に暗い穴が半分見える。その天井が厚さ六尺もあろうと云うセメントででき上がってい

203高地に乃木希典が建てた砲弾の形をした記念碑には「璽霊山」と記されている

る。身を横にして、その穴に這い込みながら、だらだらと石の廻廊（かいろう）に降りた時に、仰向（あおむ）いて見て始めてその堅固なのに気がついた。】

そのときに、ロシア軍と日本軍がどれだけ意味のない人殺しを相互におこなっていたのかということを、A君は語ったわけです。

【仕切りは土嚢（どのう）を積んで作ったとかA君から聞いたように覚えている。上から頭を出せばすぐ撃たれるから身体（からだ）を隠して乱射したそうだ。それに疲れると鉄砲をやめて、両側で話をやった事もあると云った。酒があるならくれと強請（ねだ）ったり、死体の収容をやるから少し待てと頼んだり、あんまり下らんから、もう喧嘩（けんか）はやめにしようと相談したり、いろいろの事を云い合ったと云う話である。】

これがまさに戦争の最前線の現場です。でも、こういうことをやり合えたということは、日本兵の誰かがロシア語ができるか、ロシア兵の誰かが日本語ができないと成り立ちません。そういうことを中尉として現場にいたA君から聞くわけです。

そのA君の話の前に、馬の蹄に石が詰って可哀想だったという話がでてきますが、その石は戦争当時の名残りなわけです。ですから、これは単なる中村是公から頼まれたルポルタージュとは言えません。小説家夏目漱石の新聞連載の読者を意識した書き方で、一つひとつのエピソードが多義的な印象としてまとめられているのです。実際に私たちが「203高地」の現場で聞いた説明と、漱石の表現を重ねると、漱石が何をどうとらえていたのかをより深く理解することができました。

〈関東法院〉安重根処刑の地

伊藤博文を暗殺した安重根は、捕らえられた後、旅順の関東法院での裁判で死刑を宣告され、判決から1カ月と数日たった伊藤博文の月命日に、同院で処刑されました。そこには、死刑が執行された部屋も、そのまま公開されていました。

これは第二章でお話しした小説『門』と深くかかわっています。くり返しになりますが、『門』が連載され始めたのが1910年の3月1日で、安重根の死刑判決がだされたのが、その2週間前の2月14日でした。朝日新聞はじめすべての新聞が、安重根の裁判をふり返る記事を毎日のように報道するなかで、2週間を経て『門』の連載が始まったわけです。

初代総理大臣であった伊藤博文をハルビンの駅頭で

旅順の関東法院、安重根が処刑された部屋

射殺したという点でいえば、安重根は暗殺者です。しかし、伊藤博文が韓国を併合するために何をやってきたのか、国際的な条約についてどのようなごまかしをしようとしたのかを、安重根は裁判の過程で克明に供述しています。なかには、伊藤博文が孝明天皇の暗殺を企んだといった、史実とは違う思い込みの主張も含まれていますが、伊藤博文という政治家が明治日本においてどのような役割を担ったか、併合直前の韓国の愛国者からそれがどのように見えたのか、ということが裁判の供述の過程で記録されたのです。そして、そのかなり大事な部分が、1910年の大日本帝国臣民に伝えられることになりました。ですから、漱石は少なくとも、連載小説を執筆する条件で就職していた「東京朝日新聞」の記事はすべて目を通していたでしょうから、安重根の死刑判決のただなかから書き始めた『門』を、こうした新聞記事を念頭に置いて構想していったことは間違いないといえます。

安重根という韓国の愛国者は、満州がロシアと日本、そして清朝との間で領土支配の大きな政治的舞台になっていたなかで、大韓帝国の主権が脅かされていくことについて、国家主権を守るにはどうすれば良いのかを、さまざまに学習し、仲間を募りながら、この地域でずっと運動してきました。その安重根の裁判での供述は、日本の新聞読者に、日本が主張してきた白色人種である欧米列強のくびきからアジアを解放するという大義名分が本当だったのか、それを投げ捨てて欧米列強に伍してアジアに植民地を獲得しようとする大きな曲がり道に差しかかっているのではないか、それは大日本帝国の文明開化、富国強兵政策の求めてきたことなのだろうか、そういう疑問や批判、共感を抱かせるきっかけになったのだと思います。

伊藤博文は、ロシアと最もかかわりが深く、日露戦争に反対した政治家でもあり、当時ロシアの大蔵大臣であるココフツェフとどのような密談・密約をしようとしたのか、同時代的に多くの関心が集まっていました。そうしたなかでの暗殺であり死刑執行でしたから、マスメディアとしての新聞でさまざまな批評や分析や評論がなされたのは当然です。ですから、小説『門』の読者も改めて、大日本帝国が歩んできた道筋について考えさせられたことでしょう。そして、『門』の連載が終わって数カ月後の1910年の秋、韓国は併合され、大韓帝国は大日本帝国の植民地にされてしまうのです。

〈金州副都統衛門跡地〉子規との文学的友情の始まり

大連金州区は、ロシアが進出してくる前はこの地方で一番大きな街でした。中央からの役所（金州副都統衛門）が設置され、街は城壁で囲まれて多くの人々が生活していました。日露戦争の主戦場となり、破壊されてしまいますが、その一部が復元されています。その裏庭に正岡子規の句碑が建てられており、「行く春の酒をたまわる陣屋哉　金州城にて　子規」とあります。

金州副都統衛門跡地の裏庭に建てられた正岡子規の句碑

日清戦争が始まったのは、1894（明治27）年です。正岡子規は結核が悪化したため帝国大学を卒業することを断念し、陸羯南（くがかつなん）という新聞を経営していた人のもとで新聞「日本（にっぽん）」に入社します。そして、日清戦争が始まって2年目に、新聞「日本」の従軍記者として派遣されます。その正岡子規が、従軍記者として入ったところが、この金州です。しかし子規は、金州に上陸して戦場に向かおうとしたところで講和条約になり、実際に戦地に行くことなく、帰国することになりますが、その帰国の途上で結核がいっきに悪化します。日本に着いたときには瀕死の状態だったので、神戸から降りて須磨の近くの結核療養所に入院します。

そのとき、夏目漱石は、必然か偶然かは分かりませんが、正岡子規の故郷である愛媛県の松山中学の英語教師として教壇に立つことになりました。子規の状況を、周辺の者から聞いた夏目漱石は、子規に長い手紙を書きます。そこでは、君の故郷・松山で君の友人たちと親しくやらしてもらっているが、日本に帰ったとたんに結核専門病院に入院とはあまりのことじゃないかと、冗談めかしながら子規を励ましています。そして、君の友人たちと俳句を詠みあっているが、松山はとても俳句の盛んなところなので、改めて俳句を学びなおそうと思う。ついては、君が早く元気になって、自分の俳句の師匠になってくれ、という手紙です。

この手紙のなかで漱石は、子規の従兄弟がピストルで自殺したことにも触れながら、子規にちゃんと生きのびろと強調しています。その、漱石の手紙はよほど子規を励ましたのでしょう。それをずっと覚えていて、死期を自覚した段階でロンドンの漱石に手紙を書き、その従兄弟のことに触れています。

そして、瀕死の状態だった子規は元気を回復し、そこから自分の故郷に直行し、愚陀仏庵といわれていた漱石の下宿に転がり込みます。当時、結核は致死的な病であり、夏目金之助も結核という病の重さについて十分に自覚していました。子規と会って二番目の手紙でも、子規の容態が悪くなったことについて、自分の兄も二人結核で亡くなっているので、ちゃんと病院で調べてもらったほうがいい、という心のこもった手紙を書いています。その漱石は、まっとうな医療施設もない自分の下宿に子規を受け入れ、数カ月間、夜な夜な句会を催して友人を支えることになります。そうした、正岡子規と夏目漱石が、死に至る病であった結核を仲立ちにしながら、命がけの友情が俳句でひとつに結ばれる重要なきっかけとなったという、文学的友情の大事な場所がこの金州なのです。ちなみに、子規と漱石については、集英社新書から『子規と漱石　友情が育んだ写実の近代』と題して一冊出しておりますので、関心をもたれた方はぜひお読みいただければ思います。

正岡子規は晩年、病状が悪化し、「僕ハモーダメニナツテシマツタ」と始まる手紙をロンドンの漱石にだします。正岡子規は以前に、ロンドンに着いたばかりの漱石からもらった手紙を「ロンドン消息」と名付けて『ホトトギス』に掲載しています。その手紙を読んでいっしょに海を渡ってロンドンに行ったような気持ちになった、君が帰ってくるまで自分は生きていられるかどうか分からないので、どうかもう一通だけ手紙を書いてくれないか、という依頼の手紙なのです。そのなかには、自分の日記には亡くなった従兄弟のことを書いたところがある、自分が死んだ後は漱石に日記の処理を任せるという、遺言とも読める最後のメッセージになっています。

けれども漱石は、1899（明治32）年に正岡子規からもらった手紙をロンドンでは受け取れませんでした。留学の最後の年だったので、スコットランドに旅行し、日本びいきで日本語もできるディクソンさんという人の家の二階に泊めてもらいます。ロンドンにいる間はずっと俳句は詠んでいませんが、たぶんそこで俳句の感覚が戻ってきたのではないかと思います。

漱石は、病床に臥して旅行ができなくなった子規に、めずらしい所に旅行すると必ず30句、40句、ある時には100句ぐらい詠んで送っています。子規は、俳句の師匠ですから、漱石から送られてきた俳句を添削します。漱石の俳句が全部残っているのは、子規の手元に、俳句で共に旅をするという手紙のやり取りの痕跡が残っているからです。

漱石は多分、スコットランドで子規のために俳句を頭のなかで作っていたのではないかと思います。なぜなら、スコットランドで滞在した場所の記憶が何年経っても鮮明に残っていて、私はその散文で書かれた文章を五七五に直してみたのですが、ほとんど置き換えられるのです。そして、子規にスコットランドのことを報告しようとロンドンに帰ってきた漱石のもとに、すでに子規は死んでいたという便りが、高浜虚子から届くのです。以来、その知らせを受けた晩秋になると、夏目漱石は必ず精神状態が不調になり、過去を思い出すようになるのですが、たぶん、そのことが一つのきっかけになったのではないかと、私は類推しているのです。

（2）満州帝国とはなんであったか

〈長春、瀋陽を訪ねる〉

『満韓ところどころ』の漱石にならって、私たちは大連から高速鉄道で長春へ、次いで瀋陽へと向かいました。長春は、旧満州国時代は首都・新京と呼ばれていたところであり、瀋陽は奉天と呼ばれていました。長春では偽満皇宮博物館、長影旧址博物館などを訪れ、瀋陽では瀋陽故宮博物院、日本戦犯審判法廷旧跡陳列館などを訪れました。

さて、「南満州鉄道株式会社」がどのような企業であったのかを、漱石は正確に認識していたと思います。伊藤博文射殺事件で始まる『門』という小説の後半、学生時代に宗助が御米を奪うことになった友人「安井」と同じ人物かもしれない男が、崖上の大家の坂井の弟の友人であることが知らされます。それが宗助の鎌倉参禅の引き金になるのですが、その坂井の弟の失敗した事業は次のように紹介されています。

【遼河を利用して、豆粕大豆を船で下す、大仕掛な運送業を経営して、たちまち失敗してしまったのだそうである。元より当人は、資本主ではなかったのだけれども、いよいよという暁(あかつき)に、勘

定して見ると大きな欠損と事がきまったので、無論事業は継続する訳に行かず、当人は必然の結果、地位を失ったぎりになった。】

「遼河（リャオガー）」は全長千四百キロをこえる大河。源流は東遼河と西遼河に分かれ、東は吉林省遼源市、西は内モンゴル自治区の白金山です。東西が合流するのは遼寧省昌図県古楡樹。ここから遼河と呼ばれ、南西に流れ遼東湾に流れ込みます。

中国の歴代王朝は長安に都をおいた隋の時代から、北にある都に食物生産が盛んな南から食糧輸送をするために大運河がつくられ、大規模な運輸事業がおこなわれてきました。これが「漕運」です。

江南から米などの農作物を都に運んだ後、帰りにも同じくらいの重さの荷を積まないと、船の船体の外板と水面とが接する喫水線を上げられません。積む物がなければ泥や石を積みました。そこで注目されたのが北部で生産される大豆です。大豆からは植物油を搾ることができます。その後の大豆粕は木綿生産に不可欠な肥料です。大量な需要が生まれ北から南へ大豆を運ぶ、これが儲かる運送事業となりました。

瀋陽故宮博物館大政殿：後金時代に長春に建てられた清国の離宮

坂井の弟は「豆粕大豆を船で下す、大仕掛な運送業を経営」した直後に失敗したとありますから、まさに古典的な「漕運」事業をおこなおうとして「失敗」してしまったのです。坂井の主人の弟が「満州へ帰った」のは「日露戦争後間もなく」とありますから、「日露戦争後」の新しい情況を把握していなかったということにほかなりません。その新しい交通網の整備が、中村是行が2代目総裁となった「満鉄」、南満州鉄道株式会社によってもたらされていたのです。

「満鉄」は、まず長春から奉天を経て大連そして旅順にいたる路線を中心に1906（明治39）年に設立され、1907（明治40）年4月から大連から孟家屯、安東から奉天間の営業が開始されました。これを半官半民の特殊会社がおさえたのですから、すべての輸送は「満鉄」の陸路中心になるわけです。「日露戦争後間もなく」「満州」に渡った坂井の弟には、このあたりの事情がのみこめていなかったのです。

「満州」のもう一つの重要な交通手段は馬車でした。「満州」の「馬車」については、『満韓ところどころ』のなかで漱石も繰り返し言及していましたが、「蒙

長影旧址博物館：満州国と南満州鉄道株式会社の共同出資で作られた国策映画会社満州映画協会の撮影所跡。関東大震災の混乱に乗じて大杉栄らを殺害した甘粕正彦が、総務次長岸信介の尽力で、第２代理事長に就任している。

古」と隣接しているわけですから、世界を代表する騎馬民族の生活領域です。また馬車にする木材は軟らかい針葉樹ではなく、堅くて頑丈な広葉樹です。この地域の自然林の大樹海は針葉樹でした。しかし朝鮮との国境に延びる長白山森林は、針葉樹を伐採したあとの二次林としての広葉樹林だったのです。馬車の材料にことかくことはなかったのです。

「満鉄」沿線の遼陽や海城が馬車の生産拠点でしたから、筏に組んで水運で運べない広葉樹材木を汽車でこうした都市に運び、馬車を組み立てる部品に加工し、再び鉄道で産地に運び、それぞれの地点で馬車を組み立て、それに馬をつないで、そこで生産された大豆を鉄道の駅まで馬車で輸送する陸上輸送システムが成立することになります。馬車と鉄道が一体となった陸上交通体制が確立したのです。

「遼河を利用し」た「運送業」に失敗した弟が、その後「蒙古」に行ったことを、坂井の主人が宗助に話します。その弟は坂井に「牧畜をやっています。しかも成功していますと云う」のです。「蒙古王」とのつながりで事業をやるために、弟は兄に「二万円」の資金提供を要求していますが、ここで言う「蒙古王」とつながっての「牧畜」とは、馬車が最も重

満州国の実質的権力であった関東軍司令官邸。豊臣秀吉的気分が漂う。現在は中国共産党の事務所になっている。

要な陸上輸送手段となった「満州」における馬の生産にほかなりません。

日露戦争において、戦場に軍馬を送るために、東京の馬車鉄道の馬が徴兵ならぬ「徴馬」され、馬車鉄道が電車に変わりました。日本もロシアもそれぞれの国から多くの馬を連れて行きましたが、「満州」の厳しい自然環境のなかで連れてきた馬が死に、現地で「蒙古」馬を大量に買うことになります。馬を育てる「牧畜」はこのときまで重要な軍需事業だったのです。

ポーツマス条約と日清満州善後協約（１９０５年）で大日本帝国の「満鉄」に関連する権益の一つとして遼東半島と「満鉄」付属地の守備を任務とする軍隊を置くことが認められていました。これが、関東州としての遼東半島を守備する植民地常備軍として関東都督のもとに駐屯し、その組織替えがおこなわれた１９１９(大正８)年、関東軍として独立します。

坂井の弟がおこなっていた「牧畜」は、軍需産業としての軍馬の供給だったのです。まさに南満州鉄道株式会社が軍産官複合体であったことを、漱石は『門』の中で読者に伝えつづけたことが分かります。

偽満皇宮博物館：満州国皇帝に即位した愛新覚羅溥儀の執政室

関東軍の独立は、『門』の発表された翌年の1911（明治44）年の辛亥革命によって、1912（明治45）年に清朝のラスト・エンペラーとなった宣統帝（愛新覚羅溥儀）が退位し、中華民国が成立した後の列強の中国侵略と深くかかわっています。

1914（大正3）年にヨーロッパ大陸で第一次世界大戦が始まり、大日本帝国が連合国側で参戦したことはすでに指摘しました。

その翌年に大日本帝国は「中華民国」の袁世凱政権に対して、「対華二十一カ条の要求」を強要し、植民地主義的な支配を強めていきます。

1917（大正6）年のロシア革命で、ソヴィエト政権が樹立されたことに対し、アメリカとイギリスと共に大日本帝国が干渉戦争としてシベリア出兵をおこなうのが1918（大正7）年です。その翌年に関東軍が独立するわけですから、植民地的侵略主義が強化されていく先端に「満州」が位置づけられていったことが分かかります。

1928（昭和3）年、関東軍参謀河本大作らによる張作霖爆殺事件から、やはり参謀板垣征四郎、石原莞爾らの手で1931（昭和6）年の柳条湖事件へと、「満鉄」を使った軍事謀略事件が仕掛けられ、関東軍が全満州を軍

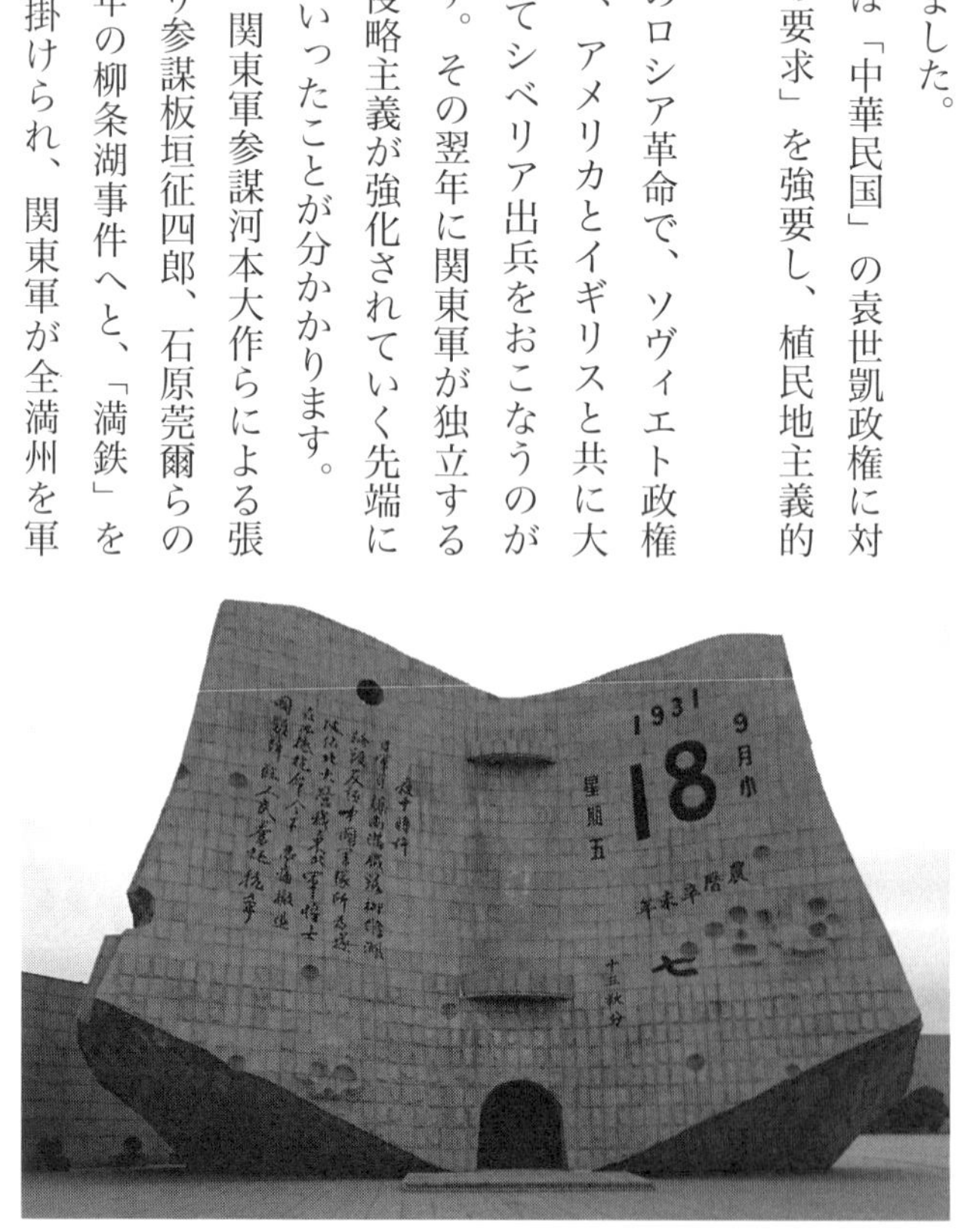

柳条湖事件の現場近くに建ててられた九・一八歴史記念博物館

事占領するにいたる「満州事変」となります。偽「満州国」が1932（昭和7）年に樹立させられたのです。

その4年後「満州国」産業部長次長として岸信介が経済軍事化を一気に進めたことは、本書の冒頭で述べた通りです。

こうして、大日本帝国は、1937（昭和12）年から全面戦争である日中戦争に突入し、第二次世界大戦に突き進んでいきます。日本の敗戦により、取り残された日本人開拓民の多くが混乱のなかで生き別れ、後に「中国残留孤児」として大きな国際問題になったことはご承知の通りです。

瀋陽日本戦犯審判法廷旧跡陳列館：特別軍事法廷が蝋人形を使って復元されている

（3）中国で戦争責任を考える

〈平頂山惨案遺址記念館・その1〉事件の顛末とその意味

私たちは、撫順平頂山惨案遺址記念館とそれに付属する平頂山殉難同胞遺骨館を訪れました。平頂山事件は撫順炭坑の近くの村でおきた事件ですが、その真相は長いあいだ明らかにされてきませんでした。日本における戦後補償の問題を明らかにする市民運動のなかで、事件関係者と日本の弁護士が連携して、訴訟がおこされました。生存者が、事件当時子どもだったわずか3人だけであったことから、事実を検証すること自体が困難なところから始まりましたが、多くの方たちの協力の下で歴史的な事実をかなりのところまで明らかにすることができました。私も、運動に最初からかかわってきた一人でしたので、特別な意味を持つ場所です。

訪問に先立って、事件の数少ない生存者のご家族お二人のお話をお聞きすることができました。つらい体験にもかかわらず、私たちに語ってくださったことに感謝申し上げます。

撫順平頂山惨案遺址記念館

平頂山事件の生存者の家族の話

張玉潔（チョウ・ギョクゲツ）さん（71歳）

母は1924年まれで、事件が発生したとき8歳でした。家は24人の大家族で、祖父母や叔父叔母が一緒に暮らしていました。24人の家族のうち、即死したのは18人、そこから母と4歳の女の子が祖父に助け出され、逃げのびることができました。

平頂山事件がおきた1932年9月6日は、中国の旧暦では8月15日です。この日は、中国の伝統的な祝日で、みんな早くに家に帰って家族で満月を祝い、月餅や餃子を食べるのです。母は久しぶりの餃子を楽しみにしていたそうです。

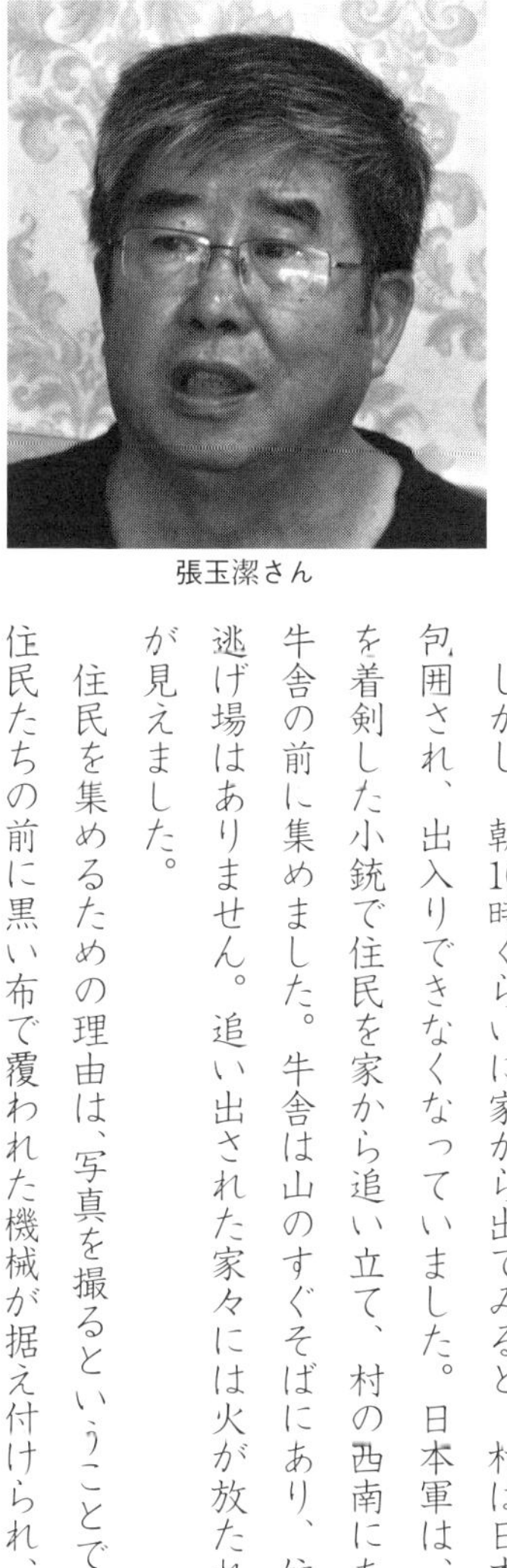
張玉潔さん

しかし、朝10時くらいに家から出てみると、村は日本軍に包囲され、出入りできなくなっていました。日本軍は、銃剣を着剣した小銃で住民を家から追い立て、村の西南にあった牛舎の前に集めました。牛舎は山のすぐそばにあり、住民に逃げ場はありません。追い出された家々には火が放たれるのが見えました。

住民を集めるための理由は、写真を撮るということでした。住民たちの前に黒い布で覆われた機械が据え付けられ、黒い布が取り払われると、そこに現れたのは写真機ではなく機関銃でした。平頂山は漢民族が主な村ですが、朝鮮半島出身者も住人3000人のうち10人ほどいました。その朝鮮出身者がまず引き出されて殺され、すぐに残りの住人にも銃口が向けられました。

親は子をかばい前に倒れていきます。3000人の住人を機関銃で掃射するには相当な時間がかかりました。住人がみな倒れると、日本軍はトラックに乗り込み帰ろうとしましたが、倒れている住民のなかから痛い痛いと声が聞こえると、小銃につけた銃剣で刺して回りました。

住人はそれほど広くないところに集められたために、遺体は折り重なって高く積み上がっていました。そのため、銃剣が届かなかった住人が20人ほど生き残ることができました。日本軍も虐殺の生き残りはいるだろうと考え、周辺の村に平頂山からの生存者をかくまうなとふれて回り、これは数年続きました。

母は昨年、93歳で亡くなりましたが、2010年に、戦争関係のサミットに出席するために、私と一緒に日本に行きました。裁判には負けましたが、歴史事実は絶対に抹殺できません。亡くなった同胞のみなさまのためにも、必ず証明しなければなりません。この20年来、日本の友人のみなさんにはご支持をいただきました。日本の友好なみなさん、ありがとうございます。

劉伝利（リュウ・テンネイ）さん（72歳）

私の義理の父は、裁判の原告の一人です。

当時、関東軍は、みんなの写真を撮るという理由で、村の人を村から出しました。義理の父は9歳でしたが、写真を撮ったことはありませんでしたから、とても面白く思い、父と弟と両親の4人がカメラの傍に立ちました。黒布で包まれていたのは機関銃で、掃射されて4人とも倒れました。虐殺事件は午後でしたが、午後3時ころ雨が降りだしました。両親と弟は即死でしたが、父は弾が大腿部を貫通し、大ケガをしていました。雨にうたれて意識が戻ると、日本兵は全部撤退した後で、他の生存者と3人で逃げました。3人のうち一人は9歳で、虐殺現場からすぐのところで死にました。夜中まで歩くともう一人が死にました。結局、逃げることができたのは父だけでした。

次に、日本の弁護士団の調査について述べたいと思います。

1998年から日本の弁護士団が、平頂山の調査のために、何回かこちらに来ました。団長は尾山宏先生で、小野寺利孝先生らもおいでになりました。弁護士団が収集した資料は全部、日本の裁判所に証拠として提出されましたが、結局、敗訴となりました。しかし裁判所は、弁護士団が調べた事実については認定しました。私見ですが、日本の裁判所は現実は認めたものの、責任はやった人にあり、「国家としては責任なし」という立場を取りました。弁護士団が法廷の外で、「不当判決」と批判したことを鮮明に覚えています。

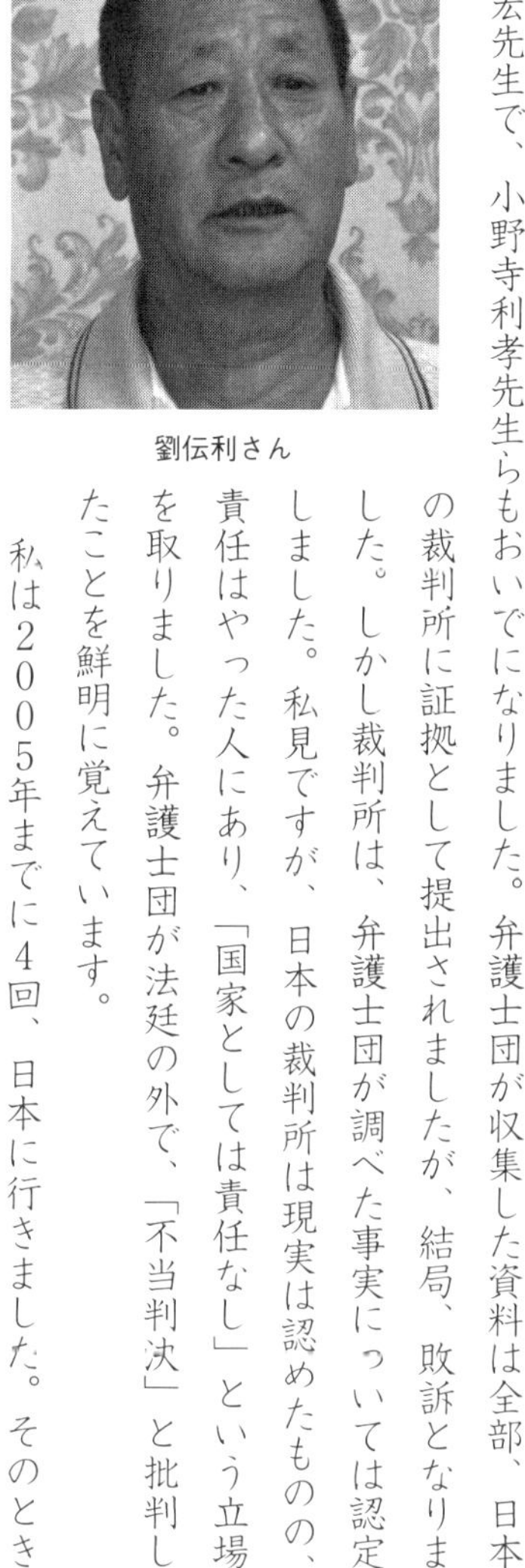
劉伝利さん

私は2005年までに4回、日本に行きました。そのときの旅費は全部、日本の支援者からの援助でした。日本の民間の支持者のみなさまには感謝申し上げます。勇気は永遠に残ると思います。

いまは民事的な角度に変わりましたが、3つのことが大事です。1つは、日本政府が事実を認めること。2つは、事件の現場に事実を認める記念碑をつくること。3つは、教育によって若者たちに事実を教えることです。お金による賠償は求めませんが、日本政府は謝るべきです。

平頂山事件の現場を観てきましたが、これまでの私たちの旅とどのようにつながっているのかを、お話ししたいと思います。

日清戦争でいったん遼東半島をドイツ、ロシア、フランスに奪われてしまった日本は、日露戦争でそれを奪い返しました。そして、南満州鉄道株式会社は、鉄道事業を中心にあらゆる事業を繰り広げてきましたが、その植民地的経営の主要な事業の一つが撫順の炭鉱でした。日本軍は満鉄およびその附属施設を防衛するという名目で、この後、帝国日本への抵抗を強める中国の人たちを弾圧していきます。その発端が1931年9月18日の柳条湖事件であり、国際世論の批判を受けているにもかかわらず、1932年3月に、傀儡国家としての「満州国」を建国するに至りました。

その半年後の1932年9月15日夜、抗日パルチザンは撫順市内の関東軍を攻撃し、日本の権益の中心であった撫順炭鉱は大きな被害を受けます。当時の撫順市の警備任務についていたのは、関東軍の独立守備隊第2大隊第2中隊でしたが、警戒警備中に攻撃を許してしまい、軍事的には完全に面目をつぶされた形になりました。それで、中国に見せつける形で報復攻撃をした、という結果が、平頂山事件です。

守備隊の責任者であった川上誠一大尉は、パルチザンが引き上げた早朝に会議を開き、抗日義勇軍が撫順市内に入るのを知りながら日本軍に通報しなかったとして、平頂山地区の住民を皆殺しにすることを決定しました。9月16日の朝、日本軍の守備隊と憲兵隊が平頂山地区を包囲し、写真を撮ってやるといってだまし、疑いをもった村民を暴力的に家から追い立て、牛小屋がある崖下の広場の一カ所に集め、機関銃を掃射したのです。まだ息のある者に対しては、日本軍の兵士が一人ひとりその生死を確認しながら、銃剣で刺殺しました。その後日本軍は、虐殺した証拠を隠すために住居に火を放ち、死体に重油をかけて焼却し、ダイナマイトで崖を爆破して事件全体の隠ぺいをはかろうとしたのです。

虐殺現場をそのまま残したガラスケースには人骨が累々と重なり、重油缶がと

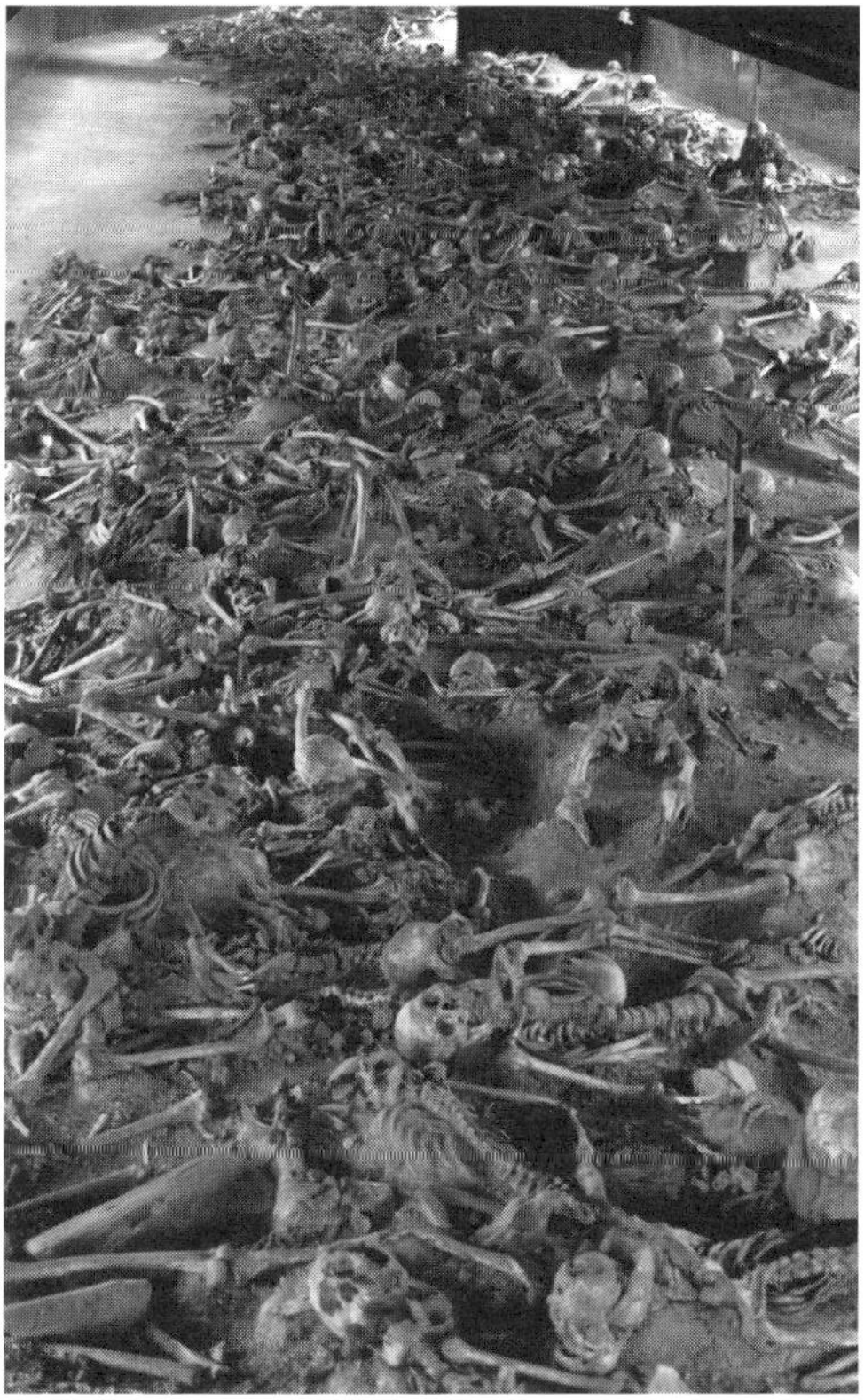

平頂山殉難同胞遺骨館：発掘されたままの人骨が重なる

ころどころに置かれた位置が示されていましたが、それは、多くの市民が手ずから掘り出して展示したものです。すべての犠牲者は非戦闘員であり、老若男女を問わず乳幼児までもが、国際法違反の非戦闘員虐殺の対象になってしまいました。これが平頂山事件の歴史的な真実です。

そのすぐ後、国際連盟の場で国際法違反の虐殺だと追及されましたが、日本政府は一切責任を認めず、翌年の１９３３年に国際連盟を脱退しました。これがその後、枢軸国の一つとして、大日本帝国が侵略戦争に突き進んでいく要因になっているわけです。

１９５１年に、平頂山事件の虐殺現場の崖の上に、平頂山殉難同胞記念碑が建立され、さらに現地の遺骨が掘り起こされて平頂山殉難同胞遺骨館が建立されたのです。

〈平頂山惨案遺址記念館・その２〉事件に見る戦争のリアリズム

平頂山遺骨館で、彫像になっている日本軍の兵士たちが凄まじい顔をしていたのを見た若い女性から、当時の日本兵は命令されたからだということは分かるが、なぜあそこまでできたのでしょうか、という本質的な質問を受けました。そこには、日本軍が南京市を占領した際に中国人捕虜や一般市民を大量に殺害した南京大虐殺や、細菌戦に使用する生物兵器の研究・開発機関でもあった７３１部隊などともかかわって、戦争のリアリズムが如実に体現されているのだと思います。

ここで犠牲になったのは、すべて非戦闘員でした。人類が長くおこなってきた戦争の歴史のなかで、ジュネーブ協定以後、非戦闘員は戦闘に巻き込んではいけないということは世界の常識になりつつありました。しかし現場の関東軍の兵士たちは、人間としてやってはいけないことを自覚しつつ、軍の上部から命令されてその作戦を実行しました。命令に従わなければ自分が軍隊内部で処罰を受ける、それがあの恐怖の殺戮のスイッチになったのです。そのことが兵士たちを非人間的な存在にしてしまい、残虐性のグレードがどんどん高まっていくことになったのです。

日露戦争の終わりまでは多くの場合、決着をつけるのは海戦であったり、住民のいない荒野での陸戦でした。激戦になった旅順でさえ、戦闘現場には非戦闘員は基本的にいませんでした。だから漱石が見つけた一足の女性の靴というのは、非戦闘員が偶然巻き込まれてしまったという証しでした。それまでの戦争と第二次世界大戦との、通常兵器による戦争のあり方の決定的な違いは、ある地域に軍事的に乗り込んでそこを戦場化し、そこで戦闘員だけではなく非戦闘員まで戦闘に巻き込んだ、ということです。そしてその極みが、第二次世界大戦が終わる直前に広島、長崎に落とされた原子爆弾でした。

人間は言葉を操る生き物として、理性が働くうちは、戦争はしません。しかし、いったん戦争が始まり、人間性を無くした軍隊が戦闘の現場でいかに残虐な行為をおこないえたのか、それが生々しく見えていたのが、平頂山事件の現場だったわけです。

〈撫順戦犯管理所〉戦争責任のあり方を問う

撫順戦犯管理所は、もともとは関東軍が建設した撫順監獄で、シベリアのハバロフスク捕虜収容所から日本人捕虜が中国に移管されたことを機に、1955年に中華人民共和国によって改称されました。当時1300人が収容され、周恩来の方針で人道的な待遇がおこなわれ、天皇の赤子としての兵士を一般の市民に再教育しようという試みがなされました。

ここには、清国ラストエンペラーにして満州国の皇帝でもあった溥儀（フギ）の部屋もあり、参加者からもなぜここに、という疑問がだされました。ここからは、旧満州帝国が大日本帝国とどういう関係性にあったのか、そのなかで日本は溥儀をどのように使おうとしたのか、が見えてきます。

ご承知のように、靖国神社は天皇のために命をささげた軍人を祀る神社ですが、そもそも日本の軍隊は、どのようにして天皇の軍隊になったのでしょうか。大日本帝国憲法をつくった中心人物が初代総理大臣であった伊藤博文であり、この憲法の第一条には「大日本帝国は万世一系の天皇これを統治す」とあります。ところが、この大日本帝国憲法ができる前の1882（明治15）年に、明治天皇が陸海軍の軍人に下賜したのが「軍人勅諭」でした。ここから「朕は汝ら軍人の大元帥」であるとして天皇の統帥権が憲法の外で確立され、それ以降、軍人は天皇の命令に直接従うということになりまし

撫順戦犯管理所：日本人捕虜が収容・再教育された

た。そして、靖国神社をつくって別格官幣大社にし、天皇のために死んだ軍人を、「英霊」として祀ることになりました。それは、天皇のために死んだ兵士の遺族になんらかの恩恵をもたらさないといけない、というシステムでした。

さて、1931（昭和6）年の満洲事変によって関東軍は満洲全土を占領し、翌年、関東軍主導の下に満洲帝国がつくられます。建国理念は、日本人・漢人・朝鮮人・満洲人・蒙古人による五族共和、大日本帝国と兄弟のような国にするというものでした。しかし、満州帝国を支える軍事的中核は関東軍です。それを覆い隠すために、溥儀を皇帝に担ぎ上げます。そのとき、溥儀を靖国神社に参拝させ、天皇と同じように、軍人が命を張れるように管理していく存在に仕立て上げたのです。ですから、疑満州帝国は関東軍が軍事的な謀略でつくった、溥儀の疑似天皇制の国家でもあり、大日本帝国の戦争推進勢力の関心の中心でした。擬満州国と関東軍との関係は、天皇の統帥権の問題に関わる近代天皇制問題の基本にかかわるものだったと思います。

愛新覚羅溥儀

撫順戦犯管理所においても、日本の戦犯をどのように教育するかが主要な問題であり、周恩来は、兵士自らが改心して戦争の間違いを自覚し、その上で社会に貢献させるべきだと言っています。そして、日本の戦犯と同様に、疑似天皇としての溥儀を一市民として、社会主義の発展につくすような存在に再教育しようとしたのです。

日本の戦犯というと、天皇裕仁にその一番の責任があったのですが、戦後の一連の事態のなかで、マッカーサーがアメリカの支配体制を効率よくつくりあげるために天皇を利用したことによって、戦争責任から外されてしまいました。日本という国家とその国民が戦争の反省をしかるべき形でできないのは、天皇裕仁の戦争犯罪について裁いていないからです。周恩来は、そのことを一つひとつの実践に対して、日本に問題提起をし続けました。それに対して私たちはどうこたえてきたのだろうかということを、撫順戦犯管理所の展示からのメッセージとして受け取る必要があります。それは、戦後日本のあり方と直接つながってくる問題ではないかと思います。

〈旅を終えて〉日本人は戦争責任とどう向き合ってきたのか

私たち日本人は、戦争責任とどう向き合ってきたのでしょうか。先に触れた、平頂山事件に関する裁判を例に考えてみたいと思います。

まず、裁判になった当時の東アジアと日本をめぐる情勢はどうだったか。ヨーロッパでは、第二次世界大戦後、核兵器による東西冷戦の時代が続きましたが、１９９１年にソビエト社会主義共和国連邦が崩壊し、冷戦が終結します。しかしアジアでは、１９４９年に中華人民共和国が建国されます。１９５０年には朝鮮民主主義人民共和国軍が38度線をこえて大韓民国に入り朝鮮戦争が勃発、通常兵器による南北熱戦が戦われ、その後も「休戦状態」のまま緊張は解消されませんでした。論理的に言えば、冷戦終結によって、朝鮮戦争のただなかで結んだサンフランシスコ講和条約に伴って結ばれた日米安全保障条約は必要なくなるはずでした。これに対しアメリカ政府と日本の自民党政権は、何としても東アジアの軍事的危機をたかめなくてはいけないとして、ソ連の核施設が残留していた北朝鮮をターゲットにしたバッシングが1990年代に一気に強められます。そして宮澤喜一政権のもとで、国連の軍事行動に自衛隊を派遣するという形で、日本の自衛隊を海外に派遣せよという強い圧力がアメリカからかかってきます。92年にPKO協力法案を通したことに対して不信任案が出され、宮澤喜一政権は崩壊し、93年の大改憲選挙の結果細川護熙政権が誕生します。その選挙で、世襲一年生衆院議員になったのが、安倍晋三という現在の日本の総理大臣です。

当時、日韓の間で大きな問題になっていたのが、いわゆる「従軍慰安婦問題」でした。金学順(キム・ハクスン)さんが1991年11月に自ら名前をあげて、自分が日本軍の性奴隷だったと証言され、そこから一気に歴史的検証がすすみます。そして、1993年8月6日、結党後初めて野党に転落した自民党の総裁となった河野洋平内閣官房長官の談話で、日本軍は従軍慰安婦問題に関与していたと認めたのです。

戦後日本は、死者たちの戦争責任は問わないとして、1945年8月15日以前に死んだ兵士たちは全員、靖国神社に英霊として祀られました。しかし、靖国に祀られて英霊になった人たちにしても慰安所は使っていたわけです。ですから、従軍慰安婦問題は、生者と死者の戦争責任の区別をなくしてしまうことになります。これに草の根の右翼が一斉に反発し、日本全体が戦争責任と歴史認識をめぐるせめぎ合いの場となったのです。

1991年、ソ連が崩壊する直前に、韓国と北朝鮮は、南北熱戦の記憶を超えて、共に国連に加盟します。韓国に関しては、1965年の日韓基本条約で、日本の戦争責任、植民地支配の責任が一切問われないまま、朴正熙（パク・チョンヒ）軍事政権への金銭面の援助で解決してしまいます。一方、北朝鮮に対してはそうはいかず、国連加盟国として、日本の植民地支配の責任から戦争中の強制連行その他を改めて問い直すことが可能となりました。北朝鮮の従軍慰安婦たちも韓国の方たちと同じ性被害にあったわけですから、北朝鮮の人たちは、国家の後ろ盾をもって日本に賠償請求をすることができるようになったわけです。

このことが、安倍晋三をはじめとする戦犯容疑者からの世襲議員たちの、北朝鮮バッシングのいまも変わらぬ意欲につながっていきます。従軍慰安婦問題はなかったことにしようという議員連盟をつくり、日本の右傾化と戦争をめぐる歴史認識を否定する運動を彼らは展開していきます。その中心が、安倍晋三をはじめとする世襲三世、二世グループです。安倍晋三の父方の祖父は衆議院議員の安倍寛、母方の祖父が岸信介で、大叔父には後の首相・佐藤栄作がいます。岸信介は満州国の総務庁次長や東条内閣の商工大臣などを務め、A級戦犯容疑者となります。ですから、祖父の時代にまでさかのぼれば、安倍晋三の母方の叔父は戦争犯罪人と紙一重であったということが浮かび上がってくるのです。

従軍慰安婦問題と連動する形で、中国に対しても日本の戦争中の責任を問いただすさまざまな裁判闘争が組まれていきます。１９９２年に、北京に住んでいた研究者による対日賠償請求に関する論文が発表されました。それを一つの契機に、日本の弁護団によって、連続的な提訴が準備されていきます。日本の戦後賠償、７３１部隊、南京虐殺、重慶をはじめとする無差別空爆、強制連行・強制労働、さらには中国人の慰安婦事件などです。そういうなかで、この平頂山事件にも取り組むことになったのです。

　この裁判で、日本の弁護士たちが現地に入って調査をする段階では、原告になることができた生存者はたった3人でした。楊宝山さんは事件当時満9歳、莫徳勝さんは満7歳、そして方素栄さんは満4歳でした。この肉親を失ったかつての幼い子どもたちの証言を通して、裁判が始まったわけです。

　日本の若い弁護士たちが、平頂山事件を支援する市民と共に事件を学ぶ会をつくり、それが後に平頂山事件の勝利をめざす実行委員会となって、資料を発掘し、裁判闘争をすすめていきました。2000年2月に、まず楊宝山さんの本人尋問が、2001年12月に残る2人の本人尋問がおこなわれました。2002年6月に、東京地方裁判所で平頂山事件の一審判決が言い渡されましたが、主文は原告らの請求を棄却するという全面敗訴の判決でした。けれども、平頂山事件が存在し、原告がこの事件によって被害を被ったことを事実として裁判所は認定しました。事件発生後70年の時間を経て、日本の公的な国家機関が平頂山事件について歴史的に事実として認めたわけです。

　しかし、裁判としては敗訴に違いはありませんから、なぜ事実認定と損害賠償という法律とが分離されてしまうのか、それは生きている人々を救済しない法解釈ではないかなど、弁護団は判決の問題

731部隊のボイラー棟：生物兵器の研究・開発がおこなわれた

点の解明に取りかかりました。そして、平頂山事件の生存者に対して国家として誠意ある対応をさせるためにも、生きた法解釈をする必要があるのではないかと主張し、控訴審に臨みます。２００５年、東京高裁は一審の原告敗訴を維持し、控訴を棄却しました。2度目の敗北です。

原告の3人の方は、自分たちが要求しているのは個人的な金銭賠償よりも、日本政府が公式に謝罪し、政府の責任で事件を記念する碑や施設を建設してほしいということでした。そういう意味で、私たちの平頂山惨案遺址記念館訪問では、日本がこの事件に対して国として責任をとっていないことについて、改めて問われることになりました。朝鮮戦争以来アジアに対する日本の戦争責任が問われないまま放置されていること、アメリカ従属下の日米安保条約体制を堅持し続けることが安倍晋三をはじめとする自民党政治家の執念であること、その根拠をたどれば戦犯容疑者としての祖父たちの歴史的行為があることなど、日本の政治そのものの構造と結びついていることを、しっかり認識していく必要があると思います。

第四章

明治と向き合った小説家・夏目漱石

夏目漱石の小説の書影

夏目漱石にとっての明治という時代

夏目漱石の満年齢は明治と同じです。なぜなら、彼が生まれたのは１８６７年で、２０１７年は漱石生誕１５０年でした。１８６８年、すなわち明治元年に1歳になります。したがって満年齢は明治の元号と同じで、明治45年まで続きます。そのことを夏目漱石は強く意識していました。

巻末に収録した夏目漱石略年表をご覧になってください。１８６７年に大政奉還があり、王政復古の大号令がありました。傍線が引いてあるのは戦争ですが、漱石は戊辰戦争という内戦の渦のなかに生まれながらにして巻き込まれたのです。

夏目漱石の本名は夏目金之助です。「金の助け」と読めるわけですが、なぜこのような名前が付いたかというと、干支と生まれた年月日との関係では、ほっとくと大泥棒になるという易で、「金」の字をつけておけば大丈夫だということでその名が付けられたのです。生まれたときに、父親は50歳、母親は40過ぎで、いまでいう超高年齢出産です。「恥じかきっ子」ということで、すぐに塩原昌之介の家に養子に出されてしまいます。この塩原昌之介が奥さんといろいろもめて、愛人を作って家をでてしまったことから、金之助は養家から夏目家に戻されます。それが、西郷隆盛が、明治新政府に対する不平士族の最後の戦いである西南戦争を始めた１８７６（明治９）年前後です。

夏目家に戻ったにもかかわらず、名前は塩原金之助のまま学校に通いました。江戸時代だったらともかく、明治の学校では毎日のように名前を書かされます。ですから、学校に行くと塩原姓を名乗り、帰る家は夏目家という二つの家の名に引き裂かれた生活を20歳くらいまで送っています。優秀だった一番上のお兄さんと二番目のお兄さんが相次いで結核で亡くなり、三番目のお兄さんも結核を発症する。そこで老いた父親は、このままだと家督を継ぎ自分の老後を見てくれる人がいなくなるということで、金之助を夏目家に復籍させる交渉を塩原昌之介としました。

そのとき、塩原昌之介は、金之助が帝国大学に進学することが確実になっていましたから、これだけ優秀に育てたのは自分が教育をしたからであり、それにはどれだけお金がかかったかと計算して、養育費を夏目家に請求するわけです。金之助の父親は、それを一回では払えなかったために証文を書きました。一時金でいくら支払い、あとは分割払いで支払う、そのために不義理不人情にならないようにいたします、という内容です。そこに金之助も署名をするのですが、塩原家から夏目家に移る途中ですから姓は書けません。それで証文には「金之助」とだけ書きます。20歳の青年が、自分の存在容体をあからさまに表象する「金の助け」と書くのですから、自分が商品として売り買いされていることに傷つき、「金之助」という本名が嫌いになるわけです。

実家と養家との間ですったもんだしているころに、生涯の親友になる正岡子規と出会い、文学の道に突き進むことになります。正岡子規は結核で東京帝国大学を退学しますが、漱石は卒業し大学院にすすみます。正岡子規が新聞「日本」の従軍記者として日清戦争に従軍したときに、漱石は子規のふるさと松山に教師として赴任します。その経験が『坊っちゃん』に生かされます。漱石のロンドン留学の最終段階だった、１９０２（明治35）年9月19日に子規は亡くなります。そして3年後、日露戦争が2年目に入る１９０５（明治38）年1月1日付の「ホトトギス」に『吾輩は猫である』を発表し、「帝国文学」に『倫敦塔』を発表し、丸善という日本の紳士のための書斎グッズを輸入していた西洋文化専門輸入会社のPR誌「學鐙」に『カーライル博物館』と、まったく性質の違う小説を3作一気に載せてデビューします。つづいて『坊っちゃん』を「ホトトギス」に発表します。そして、高校の教科書にも載っている『こゝろ』を「朝日新聞」に発表した1914（大正3）年には第一次世界大戦が始まり、漱石は大戦のただなかでこの世を去ります。この第一次世界大戦について漱石は非常に重く受け止めています。

〈『点頭録』〉漱石は第一次世界大戦をどう評価したか

漱石は晩年、体調が悪かったので連載小説を新年から書けないかわりに、1916（大正5）年の年が明けた最初の「朝日新聞」に『点頭録』というエッセイを載せています。そこに第一次世界大戦に対する態度が明確に示されています。1月1日付の1回目は何気ない新年のご挨拶でしたが、2回目から「軍国主義」という副題をつけて書いていています。今度の第一世界大戦で、自分が何を一番重視しているのか、ということを明示したのです。

【独逸に因(よ)って代表された軍国主義が、多年英仏(えいふつ)に於いて培養された個人の自由を破壊し去るだろうかを観望しているのである。国土や領域や羅甸(ラテン)民族やチュトン人種や凡(すべ)て具象的な事項は、今の自分に左(さ)した問題になっていない。

独逸は当初の予期に反して頗る強い。聯合軍に対してこれほど持ち応えようとは誰しも思っていなかった位に強い。すると勝負の上に於て、所謂軍国主義なるものの価値は、もう大分世界各国に認められたと云わなければならない。そうして向後独逸が成功を収めれば収めるほど、この価値は漸々高まる丈である。英吉利のように個人の自由を重んずる国が、強制徴兵案を議会に提出するのみならず、それが百五対四百三の大多数を以て第一読会を通過したのを見ても、その消息はよく窺われるだろう。】

漱石が何を危惧しているかというと、ドイツが始めた「軍国主義」、すなわち「強制徴兵制」の国家権力のことであり、そのドイツが、第一次世界大戦勃発後連合国とずっと渡りあっているということです。そのため、個人の自由をとても重視していたイギリスの議会でさえも、「強制徴兵制」の法案が圧倒的多数で通過してしまった。そのあとで、ギッシングという作家の例を挙げながら、イギリス人は個人の自由というものを最も大事にしている国だが、そのイギリスで強制徴兵制の案が通るとはいったいどういうことなのか、そのことを漱石は憂えているのです。

【その困難を冒して新しい議案が持ち出され、又その議案が過半の多数に因って通過されたとすると、現に非常な変化が英国民の頭の中に起こりつつある証拠になる。そうしてこの変化は既に独逸が真向にふり翳している軍国主義の勝利と見るより外に仕方がない。戦争がまだ片付かないうちに、英国は精神的にもう独逸に負けたと評しても良い位のものである。】

ここが大事です。漱石は第一次世界大戦の結果を知らないまま亡くなりました。しかし、大戦の初期段階でどういう判断を下しているかというと、イギリスが強制徴兵制の法案を国会で通してしまったことは、ドイツの軍国主義に負けたことになると言っています。これ以降、「軍国主義」が「個人主義」をつぶしていく時代に入っていきます。そして、第二次世界大戦になってしまうわけです。ですから、「戦争が片付かないうちに、英国は精神的にもう独逸に負けた」という漱石の見通しは、きわめて正しかったと言わざるをえません。イギリスだけではなくフランスもそうです。次の1月13日付の「軍国主義三」を見てください。

【開戦の劈頭(へきとう)から首都巴里(パリー)を脅かされようとした仏蘭西(フランス)人の脳裏には英国民よりも遥(はるか)に深くこの軍国主義の影響が刻み付けられたに違ない。ただでさえ何(ど)うして独逸に復讐してやろうかと考え続けに考えて来た彼等が、愈々(いよいよ)となると、却(かえっ)てその独逸の為に領土の一部分を蹂躙されるばかりか、政庁さえ遠い所へ移さなければならなくなったのは、彼等に取って甚(はなは)だ痛ましい事実である。】

ここで漱石は、ドイツとフランスの関係を見事に歴史的にとらえています。フランス人はイギリス人よりはるか前から、ドイツに対してどうやって復讐してやろうかと考えていました。なぜかというと、まだドイツ帝国が統一する前に、フランスは、ビスマルクのプロイセンを中心にした同盟軍と戦争をして負けたからです。1867（慶応3）年、つまり夏目金之助が生まれた年にいち早く強制徴兵制を導入したプロイセンを中心とした北ドイツ連邦は、フランスに戦争を仕かけました。狙いは、アルザス・ロレーヌ。当時のエネルギーのもっとも需要な石炭と、軍需に不可欠な鉄鋼がでる所です。そこの領土をめぐる戦いで、プロイセン北ドイツ同盟が圧勝します。そして、日本の幕藩政治と同様に諸侯が分断統治していた4カ国も取り込み、ドイツをまとめてドイツ帝国を成立させます。プロイセン軍がパリを包囲するなかで、フランスのベルサイユ宮殿で、ウィルヘルム一世のドイツ皇帝としての戴冠式をこれ見よがしにおこなったわけです。フランス人にとっては屈辱の極みでした。そして、第一次世界大戦ではフランスはドイツに侵入されてしまい、政府もパリから別なところに移さざるをえませんでした。これが第一次世界大戦の本質なのだ、と漱石は見抜いているわけです。

なぜここまで軍国主義批判をはっきり言えるのか、それはドイツが敵国だったからです。日本は日露戦争の前の1902（明治35）年に、大英帝国と日英同盟を結んでいます。それで、日露戦争に突入することができました。ということは、日英同盟を結んでいるイギリスがドイツと戦争になるわけですから、軍事同盟を結んでいる場合、まさに「集団的自衛権」の行使と同様に、同盟国と一緒に軍事行動を遂行することになったのです。だから、大日本帝国はただちにドイツに宣戦布告をして、ドイツのアジア艦隊が駐留していた青島（チンタオ）に攻撃をかけ、『こゝろ』の連載が終わったあたりでは青島を軍事的に占拠していました。戦時下においては、敵国の批判や悪口はいくら新聞や雑誌で言っても大丈夫なのです。

でも、ドイツ帝国の悪口を言うということは、歴史的に振り返ると、実は大日本帝国の形成過程、すなわち文明開化、富国強兵路線を軸とする近代化それ自体の批判になるのです。ＮＨＫで放映された「西郷どん」をご覧になって、幕末から維新期のころの歴史をみなさんも詳しく再学習されたと思いますが、いわゆる薩長藩閥政権ができるときの討幕の口実は何だったかというと、不平等条約反対です。安政五カ国条約という不平等条約を幕府が欧米列強と結んだとき、孝明天皇は勅許を出しませんでした。天皇の意思に反して不平等条約を結んだのだから、軍事的に幕府を倒すのだ、というのがクーデタの口実でした。ですから、明治日本は、建前だけでも、この条約改正をしなければなりませんでした。できたばかりの国ですから、それは無理だと分かってはいても、岩倉具視を全権大使とした岩倉使節団が米欧に送られています。

使節団は１８７１（明治４）年にアメリカに着き、翌年にヨーロッパに入ります。そしてちょうどこの年に、普仏戦争でプロイセンを中心とする北ドイツ同盟がフランスに勝利し、ベルサイユでおこなわれたドイツ帝国の戴冠式に直面します。だから、ちょんまげで、きれいにひげを剃った顔をして日本を発し、アメリカからヨーロッパに渡った岩倉使節団の男たちはほぼ全員、ざん切り頭にひげを生やして帰ってきたのです。プロイセン勝利にちなんで、カイゼルひげでもみあげをつなげ、ピンと伸ばすドイツ式のひげです。だから漱石もひげを生やしていたのです。

それまで日本には、武士階級という武装集団がいましたが、藩主の家臣である武士が本当に天皇に忠誠を尽くすかどうか信用できない。だから、岩倉使節団が帰ってくる前にと、プロイセンが「強制徴兵制」で勝利したのであれば日本もそうすべきだといち早く判断し、１８７２（明治５）年に明治天皇は徴兵の詔を出し、ドイツを真似た徴兵制の国家になったのです。そして、１８８２（明治15）

年には伊藤博文が憲法を学びにドイツに行きます。

繰り返しになりますが、ドイツ統一のもとになったプロイセンが「強制徴兵制」を導入したのが1867年、夏目金之助が生まれたその年です。ということは、夏目金之助の人生そのものが、強制徴兵制の歴史なのです。『点頭録』は見事な大日本帝国の徴兵制批判にもなっているわけです。

最晩年、亡くなる年の1月にこういうことを考えていた作家、それが夏目漱石でした。それで、こうした作家生活最後の年に強制徴兵制と命がけで対峙したという観点から漱石の小説を読み直してみる必要があるのではないかと考え、この十数年ほど、「九条の会」を2004年6月10日に立ち上げて以後、事務局長の仕事をやりながら漱石を研究し直してきました。一つひとつの小説に、漱石が経験した戊辰戦争、西南戦争、日清戦争、日露戦争、第一次世界大戦という一連の戦争がみごとに組み込まれ、批判的に書かれています。漱石は第一次世界戦争ただなかで息をひきとるのですが、それが小説にどうあらわれているのかを、以下、具体的に見ていきたいと思います。

〈『それから』〉明治とはどのような時代だったか

『それから』という小説は、1909（明治40）年6月から連載が始まりました。その第三章、主人公である長井代助の家族を紹介するところです。

【代助の父は長井得といって、御維新の時、戦争に出た経験のある位な老人であるが、今でも至極達者に生きている。役人を已めてから、実業界に這入って、何か彼かしているうちに、自然と金が貯って、この十四五年来は大分財産家になった。
誠吾と云う兄がある。学校を卒業してすぐ、父の関係している会社へ出たので、今では其所で重要な地位を占める様になった。梅子という夫人に、二人の子供が出来た。兄は誠太郎と云って十五になる。妹は縫といって三つ違である。

誠吾の外に姉がまだ一人あるが、これはある外交官に嫁いで、今は夫と共に西洋にいる。誠吾とこの姉の間にもう一人、それからこの姉と代助の間にも、まだ一人兄弟があったけれども、それは二人とも早く死んで仕舞った。母も死んで仕舞った。

代助の一家はこれだけの人数から出来上っている。そのうちで外へ出ているものは、西洋に行った姉と、近頃一戸を構えた代助ばかりだから、本家には大小合せて四人残る訳になる。】

長井代助という、これから展開される主人公の家族構成の紹介ですが、明治という時代に長井代助の父親得がどう生きてきたかが、新聞の読者たちにはっきりと分かるように書かれています。彼がどれだけ悪い事をしてきたのか、最近の国会で論議になった森友・加計問題の二乗くらい悪いのです。まず「御維新」のときの「戦争」、つまり戊辰戦争に出征している、代助の父はそういう年齢です。問題なのは、勝った薩長藩閥側か負けた幕府側か、どちらのほうだったかということです。「役人を已めて」からとあるとおり、明治になって役人になったのですから、勝ち組の薩長藩閥側です。負け組は役人にはなれません。

そして、「役人を已めて」「実業家」になったのです。森友・加計問題でも見えてくるように、政権と癒着しなければ金儲けは絶対にできません。政権と結びついていた結果「この十四五年来は大分財産家になった」のだと読者は想像がつくわけです。1909(明治42)年6月から連載されている小説で「十四五年来」ですから、1909引く15は1894、1909ひく14は1895、つまり日清戦争の2年間と重なるわけです。おそらく日清戦争で国家と癒着して代助の父親が儲けたのだろうということが分かります。「何か彼にかしているうちに、自然と金が貯」まるなどということはありえませんから。それで、後継ぎの兄の誠吾は結婚して、子どもが二人できています。日清戦争で儲けて、上り調子になったときですから、これも明らかに政略結婚だったのでしょう。

では、日露戦争のときはどうだったか。どの段階で戦争が終わるか、見切りをつけて軍需産業から早く株を引いた人は大丈夫でしたが、まだ戦争が続くのではないかと思って、投資し続けた人は破産に追い込まれます。誠吾のほかに姉がいますが、外交官に嫁いで、夫と共に「西洋」にいますから、欧米列強と外交交渉をしている外務省の情報が入ってきます。ポーツマス講和条約が結ばれるまで、いつどうなるのかという情報が全部入ってくるわけですから、ここは株の引き際だということが分かったはずです。こうして国家と癒着して、一家総出で金儲けをおこなって財をなしてきたのが長井家です。これを十行足らずで書いてしまうというのが、漱石という作家のすごいところだと思います。

しかも狙いは当たっているのです。なぜかというと、『それから』の連載がはじまるのは日露戦争が終わって4年目くらいという時点で、戦後不況が問題になっているころです。それでも日露戦争の勝ち組の人たちだけが成功しているわけです。勝ち組である日本の財界の大物のインタヴュー記事が、

『それから』が連載されるのと同時進行で新聞連載されていますから、彼らはこうやってもうけたのだということが、新聞連載小説欄の『それから』を読むと分かります。これを全部書いたら検閲に引っかかりますから、寸止めの先の引用部くらいの所で小説に書く。あとは読者のみなさまのご想像にお任せしますといった志向で、批判的な想像が頭のなかに浮かんでくるように書いているのです。ここが夏目漱石の小説の読みどころなのです。

〈『こゝろ』〉日清戦争による賠償金の行方

ここまで、戊辰戦争から日露戦争まで一気にお話ししましたが、『こゝろ』で西南戦争が出てくるのは、「先生」が自殺することを決意するところです。決意したのはいつかという日付まで分かるように、「私」という青年に告白します。

【私は新聞で乃木大将の死ぬ前に書き残して行ったものを読みました。西南戦争の時敵に旗を奪(と)られて以来、申し訳のために死のう死のうと思って、つい今日(こんにち)まで生きていたという意味の句を見た時、私は思わず指を折って、乃木さんが死ぬ覚悟をしながら生きながらえて来た年月(としつき)を勘定して見ました。西南戦争は明治十年ですから、明治四十五年までには三十五年の距離があります。乃木さんはこの三十五年の間死のう死のうと思って、死ぬ機会を待っていたらしいのです。私はそういう人に取って、生きていた三十五年が苦しいか、また刀(かたな)を腹へ突き立てた一刹那が苦しいか、どっちが苦しいだろうと考えました。

それから二三日して、私はとうとう自殺する決心をしたのです。私に乃木さんの死んだ理由がよく解らないように、貴方にも私の自殺する訳が明らかに呑み込めないかも知れませんが、もしそうだとすると、それは時勢の推移から来る人間の相違だから仕方がありません。あるいは箇人のもって生れた性格の相違と云った方が確かもしれません。私は私のできる限りこの不可思議な私というものを、あなたに解らせるように、今迄の叙述で己れを尽したつもりです。】

陸軍大将の乃木希典は、明治天皇の葬儀の日に、妻静子を伴って「殉死」します。その翌日、なぜ自分が死を選んだのかという乃木の遺書が新聞に公表されます。「先生」はそれを読んでいる。もちろん『こゝろ』を読んでいる読者も、数年前にそれを読んでいたでしょうから、乃木希典の「死のうと思っ」た「三十五年の間」を思い出したことでしょう。それから2、3日して「自殺する決心をした」のですから、いつ「先生」が自殺を決意したのか、日付までが明らかになります。『こゝろ』という小説にとっての明治という時代は、明治天皇の死と乃木希典の殉死、そして道づれになった乃木の妻静子の死なのです。そして「先生」の奥さんの名前も「静」。読者は明らかに2年前の明治天皇の崩御にいたる新聞報道を思い出すことになるわけです。

それだけではなく、明治天皇の妻昭憲皇太后が天皇と同じ病気で亡くなるのが、『こゝろ』の連載中なのです。ですから、この小説は、小説の外側にある日々新聞記事で報道される現実と応答し、読者の記憶を呼び覚まさせながら、言ってはいけないところには踏みこまずに、読者に危険領域まで考えさせる、という書き方なのです。ですから、『こゝろ』という小説は、そうした明治という時代全体を総括しようとしているようにも読めるわけです。

では、「先生」はなぜ自殺を決意したのか、そのきっかけになった「K」なる人物がなぜ自殺してしまうような事態になったのか、そのいきさつを見ていきます。ここには、「先生」が、未亡人とお嬢さんが二人で住む小石川の家に、下宿人として引っ越してくるいきさつが書かれています。その前提は、「先生」のお父さんとお母さんがほぼ連続して腸チフスという伝染病で死んで、そのあとの相続すべき遺産について、父親の弟である叔父さんがいろいろごまかしたのが発覚し、友人を間に立てて交渉して、その相続すべき土地その他を全部お金に換えたという話です。

【私の旧友は私の言葉通りに取り計らってくれました。もっともそれは私が東京へ着いてからよほど経った後の事です。田舎で畠地(はたち)などを売ろうとしたって容易には売れませんし、いざとなると足元を見て踏み倒される恐れがあるので、私の受け取った金額は、時価に比べるとよほど少ないものでした。自白すると、私の財産は自分が懐(ふところ)にして家を出た若干の公債と、後からこの友人に送って貰った金だけなのです。親の遺産としては固より非常に減っていたに相違ありません。しかも私が積極的に減らしたのでないから、なお心持が悪かったのです。けれども学生として生活するにはそれで充分以上でした。実をいうと私はそれから出る利子の半分も使えませんでした。この余裕ある私の学生生活が私を思いも寄(よ)らない境遇に陥し入れたのです。】

この「思いも寄らない境遇に陥し入れた」というのは、「K」の自殺にいたる悲劇によってもたらされた事態であり、『こゝろ』のドラマの根幹にあたる事件です。それは、先生が土地を売ってそのお金を公債と一緒に銀行に預け、その利子の半分で生活をしていたという事態です。利子の半分で生活できたわけですからあとの半分は残りますし、利子分は増えていきます。一人で生活をして、元金を取り崩さずにもう一人生きていくことができる額なのです。

「K」は、養子に行った医者の家との関係では本当は医学部に行かなければいけなかったのですが、養家をだまして先生と同じ文科系大学に入りました。それで養家から縁を切られ、仕送りはもう打ち切ると言われます。自分でアルバイトをしながら学費も生活費も稼いで暮らしてきたのですが、卒業寸前になって「K」は追い詰められてしまいます。それを見た「先生」が、「K」を一緒の下宿に招き入れて利子の半分くらいの「K」の生活費を肩代わりします。そこでお嬢さんとの三角関係になってしまったのです。ですから、すべて諸悪の根源は、先生が利子生活者だったからにほかなりません。

利子生活ができるということはどういうことでしょうか。今の日本では、リーマンブラザーズショック以降ゼロないしマイナス金利ですから、もう絶対に利子生活はできません。では当時、なぜ利子生活ができたのかというと、安定した金利だったからです。その謎は、この利子の半分で生活できるようになった「先生」が、その移る先の小石川の下宿がどういう所だったのかということとかかわります。

【それはある軍人の家族、というよりもむしろ遺族、の住んでいる家でした。主人は何でも日清戦争の時か何かに死んだのだと上さんが云いました。一年ばかり前までは、市ヶ谷の士官学校の傍とかに住んでいたのだが、厩などがあって、邸が広過ぎるので、そこを売り払って、ここへ引っ越して来たけれども、無人で淋しくって困るから相当の人があったら世話をしてくれと頼まれていたのだそうです。私は上さんから、その家には未亡人と一人娘と下女より外にいないのだという事を確かめました。私は閑静で至極好かろうと心の中に思いました。】

ここにキーワードである、題名の「こゝろ」が「心の中」という表現として出てきます。重要なことは、ここで「日清戦争」の戦後社会がくっきりと浮かび上がってくるところです。

【けれどもそんな家族のうちに、私のようなものが、突然行ったところで、素性の知れない書生さんという名称のもとに、すぐ拒絶されはしまいかという掛念もありました。私は止そうかとも考えました。然し私は書生としてそんなに見苦しい服装はしていませんでした。それから大学の制帽を被っていました。あなたは笑うでしょう、大学の制帽がどうしたんだと云って。けれどもその頃の大学生は今と違って、大分世間に信用のあったものです。私はその場合この四角な帽子に一種の自信を見出したくらいです。そうして駄菓子屋の上さんに教わった通り、紹介も何もなしにその軍人の遺族の家を訪ねました。】

日清戦争で死んだ軍人の遺族が、『こゝろ』の悲劇の舞台となる小石川の家の奥さんとお嬢さんです。

しかも一年ほど前までは、市ヶ谷の士官学校のそばにある厩付きの家に住んでいました。その土地は、いまの防衛省があるところで、東京のど真ん中です。どれだけ敷地があったか分かりませんが、そこに厩付きの家を持っていたのです。

そこから移る新しい家というのは、小石川にあります。いまは小石川と言ったら、後楽園球場があるところですから都心だとお思いでしょうが、ジャイアンツの拠点後楽園ドームの場所に当時何があったかというと陸軍砲兵工廠なのです。あの場所は大日本帝国の軍需産業の拠点中の拠点であり、軍需産業の大工場があった土地です。日清戦争の当時には、樋口一葉の『にごりえ』に新開地がでてきますが、新しく住宅地として開発されたのです。そこに田舎から土地を奪われた労働者が流入してきてもめごとがおきたりしていました。だから郊外であり、土地は安かったのです。

市ヶ谷という東京のど真ん中にあった厩付きの大きな屋敷を売って、郊外の小石川に小さなこじんまりとした家を買うわけですから、当然かなりの差額がでます。差額は銀行に預金するでしょうから利子がついてきます。夫は日清戦争で亡くなった、ということは軍人の恩賞がついてきます。しかし、利子と恩賞だけでは十分に生活ができないので、一人下宿人を入れようかと「未亡人」が考え、そのターゲットになったのが「先生」でした。「先生」は利子の半分で生きている人ですから、こんないしい下宿人はいないでしょう。だから「先生」は初期段階、お嬢さんと仲良くさせてもらうのが奥さんの魂胆ではないかと疑っているわけです。

しかも「先生」は、自分が大学生でその帽子に自信を持っていました。ここも重要です。日清戦争までは、帝国大学は東京ただ一つだけでした。「先生」の手紙を読んでいる「私」という青年は、明治の末年に帝国大学を卒業しましたが、帝国大学はすでに五つくらいあったのです。二番目の帝国大学が京都にできたのは明治30年、1897年です。だから明らかに明治30年の前の出来事だということが分かります。一方、日清戦争で死ぬには明治27年か28年でなければならないのです。しかも、一年前まで市ヶ谷に住んでいたのです。明治27、28年の初期段階に死んでも一年くらいたちますから、ほぼ明治29年のいつかということになります。つまり日清戦争とのかかわりで時代状況設定を計算していくと、きわめて限定された日々になり、年月が限定できるのです。

先生の父親と母親が突然死んだ原因は「腸チフス」にかかったからです。漱石の小説の登場人物でよく腸チフスで死ぬ人が出てきます。『それから』の三千代のお兄さん菅沼も腸チフスだったのですが、海外で戦争をしていた兵士たちが、日本にはない菌の感染症にかかってどっと帰ってきたところから伝染が広がっていくのです。そうすると、「先生」のお父さんとお母さんは日清戦争中に相次いで亡くなり、父の弟である叔父との遺産を巡るもめごとの末に土地が売れてお金になる。それで安定した生活費が生まれたのですから、全部日清戦争がらみです。

京都帝国大学ができたのも、日清戦争で莫大な戦争賠償金を清国から得たがゆえに、文部省にもお金が潤沢に回るようになって、二つ目の帝国大学を建設することができたのです。日清戦争の賠償金は3億テール、当時でだいたい5億円です。日清戦争の時代の1円はいまの1万円ほどです。これに対して、ドイツ、フランス、ロシアが三国干渉をして、日本はまだ不平等条約を改正していないから領土を持つことは許されないとし、遼東半島をはじめとする領土は返還させられました。その見返りにまた2億テールを得て、しめて5億テールを戦争で獲得したのです。テールというのは銀の単位で、清国を中心としたアジア貿易圏は銀本位制であったからです。この清国からせしめた銀を金に換えて、イギリスをはじめとする欧米列強がおこなっている金本位制に日本が参入したのも明治30年、1897年です。ですから、「先生」は安定した利子生活ができたわけです。また「先生」が持っている公債も、日清戦争公債です。

ですから、『こゝろ』という小説の、すべての事件の大きなかなめになっているのは日清戦争なわけです。

〈『虞美人草』〉日露戦争は「人種と人種の戦争」

では日露戦争はどう扱われているかというと、朝日新聞での漱石の最初の連載小説である『虞美人草』にこの戦争をめぐる認識がでてきます。この小説では、男性主人公の甲野と宗近の二人が京都に旅行して、比叡山にいっしょに登ったりしています。ご存じの通り、「朝日新聞」の大本は「大阪朝日新聞」です。つぶれてしまった東京の新聞社を買い取って、大阪と東京に本社が二つある珍しい新聞社として出発しました。漱石は東京で小説を書いていますが、大本は大阪ですから、連載小説では必ず関西の読者にもサービスを欠かしません。それで、京都と東京の二都物語として『虞美人草』の物語は展開し、奇数章が京都、偶数章が東京に充てられました。

「甲野さん」は哲学者ですが、父親が外交官で、おそらく日露戦争の交渉で過労死したのです。甲野さんの父の後を外交官になって継ぐ形の甥っ子の「宗近君」といっしょに京都旅行をしていて、二人が論争する場面があります。


【今までは真面目の上に冗談の雲がかかっていた。冗談の雲はこの時ようやく晴れて、下から真面目が浮き上がって来る。

「君は日本の運命を考えた事があるのか」と甲野さんは、杖の先に力を入れて、持たした体を少し後ろへ開いた。

「運命は神の考えるものだ。人間は人間らしく働けばそれで結構だ。日露戦争を見ろ」

「たまたま風邪が癒れば長命だと思ってる」

「日本が短命だと云うのかね」と宗近君は詰め寄せた。

「日本と露西亜の戦争じゃない。人種と人種の戦争だよ」

「無論さ」

「亜米利加を見ろ、印度を見ろ、阿弗利加を見ろ」

「それは叔父さんが外国で死んだから、おれも外国で死ぬと云う論法だよ」

「論より証拠誰でも死ぬじゃないか」

「死ぬのと殺されるのとは同じものか」

「大概は知らぬ間に殺されているんだ」】

日露戦争は「人種と人種の戦争」なのだという、すごい会話です。これは明確な事実です。日清戦争は、黄色人種と黄色人種の、同じ人種内の戦争でした。だから旅順では、日本海軍の艦隊が旅順湾に入ったときに、清国側はほとんど戦わずして降伏しています。無血開城に近い。それに対し、万を超える犠牲者をだしたのが日露戦争の旅順攻略です。そのときに外交官をして客死してしまった父親のことを念頭に置きながら、外交官になるために勉学に励んでいる宗近に、甲野は知らぬ間にお前も殺されるかもしれないぞと忠告しているのです。

その父親が肖像画を残していて、それが書斎に飾ってあります。

【両足を踏張(ふんば)って、組み合せた手を、頸根(くびね)にうんと椅子の背に凭(もた)れかかる。仰向く途端に父の半身画と顔を見合わした。

余り大きくはない。半身とは云え胴衣(ちょっき)の釦(ぼたん)が二つ見えるだけである。服はフロックと思われるが、背景の暗いうちに吸い取られて、明らかなのは、わずかに洩るる白襯衣(しろしゃつ)の色と、額(ひたい)の広い顔だけである。

名のある人の筆になると云う。三年前帰朝の節、父はこの一面を携えて、遥かなる海を横浜の埠頭に上った。それより以後は、欽吾が仰ぐたびに壁間(へきかん)に懸(かか)っている。仰がぬ時も壁間から欽吾を見下している。筆を執るときも、頬杖を突くときも、仮寝(うたたね)の頭を机に支うるときも――絶えず見下している。欽吾がいない時ですら、画布(カンバス)の人は、常に書斎を見下している。】

『虞美人草』が連載されたのが1907年ですから、3年前にこの肖像画を持って帰ってきたとしたら1904（明治37）年、日露戦争が開戦した年です。日露戦争の開戦間近か開戦後に日本が狙っていたのは、初戦で勝利を収めて、消耗しないうちにアメリカに間に入ってもらい、講和条約を結ぶことでした。しかし、その企図に反して戦闘が長引いてしまったのです。ですから、3年前に父親が自分の肖像画をわざわざ外国で描いてもらったのは、厳しい外交交渉のなかでの死を覚悟してのことだったと分かります。それを渡された長男「欽吾」は、父親の書斎の壁にかけておいた。その肖像画が欽吾を見下ろしているのです。

皆さんは、上から見下ろす肖像画を見たという方はあまりいないと思います。肖像画の多くは、美術館や展覧会場で立って見ている人と同じ水平目線になっています。オランダのレンブラント以降の肖像画はみな水平目線で、これがブルジョワジーが権力を握って以降の鑑賞する人と描かれている人とが平等な平行目線の肖像画なのです。しかしそれまでの王侯の肖像画は、高いところに飾って、そこから見下ろされる形になっていました。王が全盛の時に肖像画を描いて、その王が亡くなって王位継承する際に、聖職者を媒介にして王冠の授与をする場所の上にその肖像画を飾り、上から見下ろすという形にしました。それが、王位継承と結びついた王侯貴族の肖像画の描き方なのです。

それを踏襲しているのがアメリカの大学の学長や学部長の肖像画です。座った肖像画が多いのですが、上から見下ろす目線で、大学の食堂の壁などの上のほうに飾ってあります。そこから、この甲野の父親はアメリカに行って肖像画を描いてもらったと推測できます。その肖像画は、死んだ後も息子を見下ろしているのです。

先述したように、『それから』には、日露戦争での軍需産業への株式投資の引き際がうまくできたのかどうかが、戦争と外交交渉との成功と失敗の分かれ道だったことが書かれています。「代助」は、友人である「平岡」が京都で失敗して借金をつくり、東京に戻ってきていたので、借金の肩代わりを頼まれました。それがきっかけで平岡の妻である「三千代」との交際が始まり、姦通事件に発展しかねない恋愛関係になっていきます。代助が三千代に生活費を渡してしまう、その直後です。三千代が、北海道に行ってしまった父親からきた手紙を引き出しからだし、代助に見せる場面です。

【手紙には向うの思わしくない事や、物価の高くて活計（くらし）にくい事や、親類も縁者もなくて心細い事や、東京の方へ出たいが都合はつくまいかと云う事や、——凡て憐れな事ばかり書いてあった。代助は丁寧に手紙を巻き返して、三千代に渡した。その時三千代は眼の中に涙を溜めていた。
　三千代の父はかつて多少の財産と称（とな）えらるべき田畠の所有者であった。日露戦争の当時、人の勧（すすめ）に応じて、株に手を出して全く遣（や）り損（そこ）なってから、潔よく祖先の地を売り払って、北海道へ渡ったのである。その後の消息は、代助も今この手紙を見せられる迄一向知らなかった。親類はあれども無きが如しだとは三千代の兄が生きている時分（じぶん）よく代助に語った言葉であった。果して三千代は、父と平岡ばかりを便（たより）に生きていた。】

代助の父親は自分の娘を外交官に嫁がせ、ポーツマス講和条約の情報まで得て、引き際はここと決めていたから大丈夫だったのです。でも、そういう情報を持っていない三千代の父は株に手をだして失敗し、関東近県に持っていた土地をすべて売り払って、北海道まで渡らなければならなくなりました。ここに、日露戦争のときの勝ち組と負け組の決定的な格差が生じているわけです。三千代が頼るのは夫の平岡しかいない。その平岡は、関西の銀行を辞めて以降いろいろと職を探していたのですが、ついに新聞の経済部の記者に就職が決まった。その報告を代助にするときに、平岡は次のような話をします。

【平岡はこの時邪気のある笑い方をした。そうして、

「日糖事件だけじゃ物足りないからね」と奥歯に物の挟まった様に云った。代助は黙って酒を飲んだ。話はこの調子で段々はずみを失う様に見えた。すると平岡は、実業界の内状に関聯するとでも思ったものか、何かの拍子に、ふと、日清戦争の当時、大倉組に起った逸話を代助に吹聴した。その時、大倉組は広島で、軍隊用の食料品として、何百頭かの牛を陸軍に納める筈になっていた。それを毎日何頭かずつ、納めて置いては、夜になると、そっと行って偸(ぬす)み出して来た。そうして、知らぬ顔をして、翌日(あくるひ)同じ牛を又納めた。役人は毎日毎日同じ牛を何遍も買っていた。が仕舞に気が付いて、一遍受取った牛には焼印を押した。ところがそれを知らずに、又偸み出した。のみならず、それを平気に翌日(あくるひ)連れて行ったので、とうとう露見してしまったのだそうである。】

大倉組が、軍にたかってどれだけあくどいことをしていたか、という話です。一代で財をなした大倉喜八郎ですが、既に大倉組の複数の会社が一体となってコンツェルン状態になっていました。大倉

組は、日清戦争時に陸軍に牛を納入していたのです。昼間に陸軍に納入した牛を夜の闇に乗じて運び出し、もう一回翌日納入しています。日清戦争のときの事実が明らかにされ、これだけ悪いことをしていたのに、大倉組はいっさい処罰されていません。

日露戦争のときはもっと大規模に、総合ロジスティックス、つまり軍隊のほとんどの兵站（へいたん）にかかわり、軍事物資を仕切っています。そして、日露戦争の後には中国に本拠地を置いて、鉱山まで開発しています。ですから、満州事変の一番の仕掛人と考えうるのが大倉組なわけです。もちろんそのときには漱石は亡くなっています。ここで処罰されなかった大倉組の罪悪を書いているのは、先見の明です。


大倉喜八郎という人は、大倉銃砲店を設立し薩長軍に最新鋭の銃器を送って、それで戊辰戦争に勝利しました。ですから、大倉組の前身は大倉銃砲店です。大倉組は喜八郎一代で、国家からの軍需予算を使って大きくなった、日本の軍需産業の総本山だったからです。

『それから』の連載中に「朝日新聞」の同じ紙面で明治富豪の来歴の特集があり、大倉喜八郎も入っていますが、悪いことは書いてありませんでした。それを、小説のなかで暴露しているのですから、漱石の批判精神の実践はお見事としか言いようがないのです。

〈『門』〉安重根による伊藤博文暗殺事件

『門』という小説については、第一、二章で詳述しましたから、ここでは省略します。この小説では、主人公の「宗助」と「御米」、それに宗助の弟の「小六」の会話の場面で、安重根による伊藤博文暗殺事件について触れています。そこでは、当時の治安状況からすれば書けないところまで、新聞に載っている記事とタイアップして、読者の想像力をかきたてることによって伝えています。もしすべてを小説のなかで書いてしまえば、発禁処分になってしまう内容です。ここに、新聞小説家としての夏目漱石の開発した絶妙なわざがあったのです。

〈『草枕』〉徴兵制国家の象徴としての汽車

このようにして、夏目漱石の新聞連載小説を同時代の日本が遂行してきた戦争とのかかわりのなかで読み直してみると、どれだ正確な文明批評になっているのかがよく分かってきます。漱石には、いま私たちが守ろうとしている憲法九条の思想というものが分かっていたのではないか、とさえ思います。その思いを託す作品が、まだ新聞小説家になる前、日露戦争が終わった1年目に発表された、世の中には「俳句的小説」として知られている『草枕』という小説です。

終わり近くに、主人公である絵描きが「那古井」という温泉場に行くと、そこに銀行の頭取の妻だった「那美」が離婚して出戻ってきている。彼女と微妙な関係になって、その那美さんのいとこの「久一」さんが、かつて志願兵だったのですが、日露戦争の最終段階になって徴兵されて満州の戦場に送られていきます。日本は初戦で勝利してすぐ戦闘をやめるつもりだったのが、旅順の攻略で長引いてしまいます。それで、どこで折り合いをつけてポーツマス講和条約を結ぶのか、微妙になっている

1905（明治38）年の春のことです。その女性主人公那美さんの、日露戦争に出征するいとこの「久一」を見送りに行く停車場で、絵描きが考えていることが書かれています。

【いよいよ現実世界へ引きずり出された。汽車の見える所を現実世界と云う。汽車ほど二十世紀の文明を代表するものはあるまい。何百と云う人間を同じ箱へ詰めて轟と通る。情け容赦はない。詰め込まれた人間は皆同程度の速力で、同一の停車場へとまってそうして、同様に蒸汽の恩沢に浴さねばならぬ。人は汽車へ乗ると云う。余は積み込まれると云う。人は汽車で行くと云う。余は運搬されると云う。汽車ほど個性を軽蔑したものはない。文明はあらゆる限りの手段をつくして、個性を発達せしめたる後、あらゆる限りの方法によってこの個性を踏み付けようとする。一人前何坪何合かの地面を与えて、この地面のうちでは寝るとも起きるとも勝手にせよと云うのが現今の文明である。同時にこの何坪何合の周囲に鉄柵を設けて、これよりさきへは一歩も出てはならぬぞと威嚇かすのが現今の文明である。何坪何合のうちで自由を擅にしたものが、この鉄柵外にも自由を擅にしたくなるのは自然の勢である。憐むべき文明の国民は日夜にこの鉄柵に噛み付いて咆哮している。文明は個人に自由を与えて虎のごとく猛からしめたる後、これを檻穽の内に投げ込んで、天下の平和を維持しつつある。この平和は真の平和ではない。動物園の虎が見物人を睨めて、寝転んでいると同様な平和である。檻の鉄棒が一本でも抜けたら――世はめちゃめちゃになる。第二の仏蘭西革命はこの時に起るのであろう。個人の革命は今すでに日夜に起りつつある。北欧の偉人イブセンはこの革命の起るべき状態についてつぶさにその例証を吾人に与えた。余は汽車の猛烈に、見界なく、すべての人を貨物同様に心得て走る様を見るたびに、客車のうちに閉じ籠められたる個人と、個人の個性に寸毫の注意をだに払わざるこの鉄車とを比較して、――あぶない、あぶない。気をつけねばあぶないと思う。現代の文明はこのあぶないで鼻を衝かれるくらい充満している。おさき真闇に盲動する汽車はあぶない標本の一つである。】

この汽車に乗せられているのは、徴兵制にもとづいて徴兵されて戦場に運ばれていく軍人と戦争にかかわる人々です。しかも、１９０５（明治38）年の春です。前年の年末、旅順で莫大な死傷者を出して、ついに徴兵の年齢を32歳まで引き上げ、新たな徴兵制で軍人を動員し、この汽車に詰め込んで運んだわけです。その一人が、「久一」なのです。漱石はこのとき38歳、ぎりぎり徴兵はまぬがれましたが、汽車に詰め込まれて運ばれていくのは徴兵で召集された兵士たちです。鉄柵すなわち国境で囲まれた中では勝手に振舞ってもいいというのは、アメリカ独立戦争、フランス革命以降に成立した土地の私有制のもとでの人間の在り方の比喩です。土地は私有制になったわけですから、戦争で勝てば、他の国の土地を奪うことができるわけです。これが帝国主義戦争です。日本も日露戦争によって、その一員になったのです。ですから、個人の自由を奪って同じ列車に詰め込んで走るこの汽車は、徴兵制をしいた帝国主義国家の象徴です。

そうすると、強制徴兵制の帝国主義国家に対抗できるのは「個人の革命」でしかありません。それを主張しているのがイプセンだったというのですから、そこに日露戦争の終わった直後の、『草枕』

を書いている漱石の思想の要があったと思われます。

〈『吾輩は猫である』〉「大和魂」と軍国主義批判

日露戦争が終わったとき、大日本帝国は、これ以上戦争は続けられないという、ぎりぎりの国家財政状態に追い詰められていました。日本海海戦では大日本帝国軍はバルチック艦隊に勝ちましたが、満州で陸軍同士の戦闘になったら、ロシアが勝利することは必至だという状況だったのです。それで、大日本帝国は名目上は日露戦争に勝ちましたが、ロシアから戦争賠償金を獲得することはできませんでした。日清戦争では莫大な戦争賠償金を獲得したのですから、戦争をやればもうかるものと、戦場に行っていない多くの男たちは考えていました。1905（明治38）年9月5日、何らかの手段で徴兵をされずに東京にいた男たちが、日比谷公園に集まって、戦争賠償金のない「ポーツマス講和条約」に反対する大集会を開きました。政府はこれを禁じ、警察隊が派遣されたのに対して、群衆は日比谷警察署をはじめとして焼き討ちをかけ、いわゆる日比谷焼き討ち事件がおきました。そのときに書いていたのが、『吾輩は猫である』の第六章です。

そこに夏目金之助は、自分のペンネームを駄洒落で漢字変換して「送籍」として登場させています。戸籍を送った、つまり送籍です。養子に行っていた塩原家から夏目家に戸籍を移したのも送籍ですが、日清戦争の直前1893（明治26）年、26歳のときに、戸籍を北海道後志国（しりべしこく）岩内に移したのも送籍です。なぜかと言うと、北海道は「屯田兵」の制度があったために、最前線の植民地フロンティアで軍事的に開拓をしているという前提で、徴兵制は施行されていなかったからです。だから、北海道に戸籍を移すと徴兵を逃れられたわけです。

私は北海道大学にいましたが、いまは岩内町になっている町役場には、「夏目漱石本籍地」という石碑が立っていて、観光資源にもなっており、戸籍のコピーを閲覧することができました。漱石は、そのことを『吾輩は猫である』でわざわざ告白しています。

【「……せんだっても私の友人で送籍と云う男が一夜という短篇をかきましたが、誰が読んでも朦朧として取り留めがつかないので、当人に逢って篤（とく）と主意のある所を糺（ただ）して見たのですが、当人もそんな事は知らないよと云って取り合わないのです。全くその辺が詩人の特色かと思います」「詩人かも知れないが随分妙な男ですね」と主人が云うと、迷亭が「馬鹿だよ」と簡単に送籍君を打ち留めた。東風君はこれだけではまだ弁じ足りない。「送籍は吾々仲間のうちでも取除（とりの）けですが、私の詩もどうか心持ちその気で読んでいただきたいので。ことに御注意を願いたいのはからきこの世と、あまき口づけと対をとったところが私の苦心です」】

この話を聞いたあと突然、それまで書斎に引きこもっていた苦沙味先生があらわれて、文章を書いたから読んでみるぞと言います。

【「大和魂（やまとだましい）！と叫んで日本人が肺病やみのような咳をした」

「起し得て突兀ですね」と寒月君がほめる。

「大和魂！と新聞屋が云う。大和魂！と掏摸が云う。大和魂が一躍して海を渡った。英国で大和魂の演説をする。独逸で大和魂の芝居をする」

「なるほどこりゃ天然居士以上の作だ」と今度は迷亭先生がそり返って見せる。

「東郷大将が大和魂を有っている。肴屋の銀さんも大和魂を有っている。詐欺師、山師、人殺しも大和魂を有っている」

「先生そこへ寒月も有っているとつけて下さい」】

戦時下における軍事ナショナリズムを、ここまで茶化して批判した文章は他に見当たりません。見事に検閲をすり抜けてこのような文章表現が「ホトトギス」に発表されたのです。当時の内務省の役人の言語能力のなさに感謝しなければならないくらいです。

「日本人」だったから勝った、「大和魂」を持っていたから勝ったのだ、ロシアに勝って「一等国」になったのだ。だけど、考えてみればそのような論理でいいのか、「大和魂」がそんなに誇れるものか、「大和魂」なるものは日本人であればみんなが持っているものなのか……。たしかに、バルチック艦隊を打ち破った「東郷大将」は「大和魂」を持っていたから、勝利したのだろう。しかし、日比谷焼き討ち事件に参加した人々も同じ「日本人」なのだ。この参加者には魚屋のような都市の下層労働者が多かったわけだから、「肴屋の銀さん」だって「大和魂」を持っている。「詐欺師」だって「日本人」だ、「山師」だって「日本人」だ、「人殺し」だって「日本人」だから、みんな「大和魂」を持っているはずだ。戦場に出ている「大和魂」の象徴である陸海軍の「日本人」は、全員人殺しではないですか、と。

くりかえしますが、帝国主義戦争に対する批判を、このようなかたちで検閲をすり抜けながら小説に書いていくのが、漱石の基本姿勢だったと私は考えています。軍国主義批判をこれほど上手に言えたのは、まさに小説読者と連携する書き方を開発した漱石夏目金之助ならではのことなのです。

〈『私の個人主義』〉自己本位を貫くということ

日本が第一次世界大戦に参戦したのは1914年、大正3年です。つまり、大正天皇に代替わりした後です。この年に新聞連載された『こゝろ』で乃木希典のことが書かれていることは、先に紹介した通りです。その乃木が総長を務めていた（1907〜12年）学習院から大正天皇が出たということになります。その学習院で、学校関係者、天皇の「ご学友」及び先生方を前にしてやった講演が、『私の個人主義』です。『私の個人主義』のなかで漱石は、イギリスに留学したとき、自分がもっとも大事だと考えたのは「自己本位」だと述べています。たとえ英文学を学んでいたとしても、本場英国の評論家に頼るのではなく、自分が良いと思ったことだけを判断の基準にするという、「自己本位」という四文字が自分を支えたのだ、と漱石は語ります。自分の判断、自分自身が良いと思った文学だけが大事なのだ、というのが講演のテーマでした。

【今まで申し上げた事はこの講演の第一篇に相当するものですが、私はこれからその第二篇に移ろうかと考えます。学習院という学校は社会的地位の好い人が這入る学校のように世間から見做されております。そうしてそれがおそらく事実なのでしょう。もし私の推察通り大した貧民はここへ来ないで、むしろ上流社会の子弟ばかりが集まっているとすれば、向後あなたがたに附随してくるもののうちで第一番に挙げなければならないのは権力であります。換言すると、あなた方が世間へ出れば、貧民が世の中に立った時よりも余計権力が使えるという事なのです。

〈中略〉

権力に次ぐものは金力です。これもあなたがたは貧民よりも余計に所有しておられるに相違ない。この金力を同じくそうした意味から眺めると、これは個性を拡張するために、他人の上に誘惑の道具として使用し得る至極重宝なものになるのです。】

ですから、権力と金力を持っているあなた方学習院の関係者が世の中にでたらどうしなければいけないのか、それが以下に述べられています。

【今までの論旨をかい摘んで見ると、第一に自己の個性の発展を仕遂げようと思うならば、同時に他人の個性も尊重しなければならないという事。第二に自己の所有している権力を使用しようと思うならば、それに付随している義務というものを心得なければならないという事。第三に自己の金力を示そうと願うなら、それに伴う責任を重じなければならないという事。つまり

この三カ条に帰着するのであります。】

漱石は講演の結論を、この「三カ条」に集約しているのです。これをそのまま、いまの安倍晋三政権に突きつけてやりたいです。森友・加計問題の本質はここにこそあるのだ、と。そういうことを見抜けたら、漱石夏目金之助を21世紀を生きる私たちが本当に理解したことになるのだと思います。

終章

明治維新150年に当たって漱石に学ぶ

2018年は明治元年（1868年）から満150年に当たるというので、各地でさまざまなイベントがおこなわれ、新聞・雑誌でもさまざまな特集が組まれました。政府も、内閣官房に「明治150年」関連施策推進室という専門部局を設置して、上意下達型の祝賀事業を実施しました。それは、「明治の精神に学び、日本の強みを再認識することは、大変重要なこと」（同推進室）として、日本の近代を明るい歴史一色に塗り替え、「強い国家」として飛躍する機運を盛り上げようとしたものでした。しかし、これまで見てきたように、漱石夏目金之助の小説、エッセイ、講演を丁寧に読み解けば、こうした日本政府の思惑には強い違和感を覚えざるをえません。

2018年は、明治維新150周年であるとともに、日本国憲法施行71周年でもあります。ここでは、施行71年を迎えた憲法状況について述べつつ、漱石から何を学び、何を引き継ぐべきかを考えていきます。

日本国憲法によって国民は初めて主権者に

２０１８年5月3日の憲法記念日には、日本各地で集会がおこなわれました。東京では6万人の集会がありましたが、私は新潟の集会に行きました。東京駅を出発するときは晴れそうでしたが、新幹線で新潟駅に着いたところで風が吹き、雨が降りだしました。会場は信濃川の岸辺の屋外集会で、雨のなかでの講演でした。後ろでビニール傘をさしてくださったのですが、講演しているあいだに2度、その傘が風で壊されました。屋外の雨風のなか、２５００名の方がみなさん、後ろの人が見えないからと傘をたたんでお聞きになっています。知事選で示された、野党共闘の見本のような新潟の底力を垣間見た思いがしました。

日本国憲法の前文は「日本国民は」から始まっています。71周年というのはいまの憲法が実施された年で、発布されたのはその前の年の１９４６年の11月3日でした。この憲法の公布文を読んだことがある人はどのくらいおられるでしょうか。交付文の主語は「日本国民」はなく、「朕」すなわち天皇です。

11月3日は、いまは文化の日ですが、戦前の漱石夏目金之助の時代は「天長節」でした。明治天皇の誕生日にあたり、それが昭和初期に明治節として祝日となりました。この立憲君主制としての初めての明治天皇の誕生日に、昭和天皇裕仁が憲法を公布したのです。なぜ主語が「朕」なのかというと、現在の日本国憲法は大日本帝國憲法の改正だからです。１９４６年11月3日の段階で、憲法を公布できるのは、ただ一人の主権者である昭和天皇裕仁だけだったのです。

国民のほとんどは意識していなかったのですが、それから1日1日と〝無血革命〟がすすんでいって、翌年の１９４７年5月3日に日本国憲法は施行されました。

その前文1項は「日本国民は」という主語で始まります。この日から、私たち一人ひとりが国民となり、憲法の主語となりました。後半の述語は「ここに主権が国民に存することを宣言し、この憲法を確定する」とあり、この段階で国民が主権者となりました。つまり、憲法をもって国家権力をしばる主体になったのです。昭和天皇裕仁が公布した憲法を、私たち国民が主権者になって確定をした、こういう関係になっているわけです。

そして、「ここに主権が国民に存することを宣言」するの直前には、「政府の行為によつて再び戦争の惨禍が起ることのないようにすることを決意し」という文言が入っています。すなわち、9条があるからこそ一人ひとりの国民が主権者となりうるのです。

この日本国憲法前文の第1文に照らして明治１５０年を考えてみると、その１５０年のうちの72年間は日本国憲法のもとで戦争をしない国としてやってきた、しかしその前の78年間は大日本帝國憲法のもとで戦争を遂行し続けた国だった、ということになります。そして、夏目漱石は、その前半の50年間を生きてきました。まさに彼の一生は、戦争のただなかの一生であったのです。

安倍政権による集団的自衛権行使の公認

いま大事なことは、その憲法が公布されて71年目の今日、安倍晋三首相がこの憲法を変えようとしていることです。すなわち、安倍首相は、第9条の1項、2項はそのままにしたまま、第9条の2として自衛隊の保持を明記するとしています。

自衛隊という組織の任務を新たに法律で決めたのが、2015年9月19日に強行採決された安保法制です。自衛隊という組織ができたのは1954年7月1日で、この時に自衛隊法ができましたが、ここでは個別的自衛権しか認めていませんでした。安保法制はそこに、集団的自衛権が行使できる文言を入れました。また、1992年のPKO協力法では非戦闘地域にしか行けなかったのに、他のところにも行けるような文言を入れました。そういう今まであった法律10本と、いつでも海外に出撃できる新しい法律1本、合わせて11本の安保法制の法律が、自衛隊という組織の背後に存在しているのです。「自衛隊」という3文字を憲法に書き込むことは、安保法制の内容すべてを背負って日本国憲法の条文に入ってくることになるのです。今まで9条1項、2項で禁止されていた集団的自衛権がいくらでも行使できる、という組織の自衛隊が3項に書き込まれれば、1項2項は無効化されてしまいます。いまの憲法をめぐる大事な局面において、安保法制が自衛隊という組織を支えていると集団的自衛権の行使ができることになる、そのことを確認しておくことが重要です。

自民党はすでに、2005年の「自民党新憲法草案」と、2012年の「自民党日本国憲法改正草案」を発表し、いまも撤回していません。「新憲法草案」は、9条2項を削って、「自衛軍」を保持するとしました。また「自民党日本国憲法改正草案」は、「自衛軍」よりおどろおどろしく「国防軍」を保持するとしていますが、文言はほぼ同じです。集団的自衛権の行使を明確にするために3項で、「第一項に規定する任務を遂行するための活動のほか、法律の定めるところにより、国際社会の平和と安全を確保するために国際的に協調して行われる活動及び公の秩序を維持し、又は国民の生命若しくは自由を守るための活動を行うことができる。」とあります。

その任務を背負って「自衛隊」という3文字が憲法のなかに入ってくるわけですから、そのことによって1項と2項は無効化されてしまいます。戦争法制としての安保法制にもとづいて日本を戦争のできる国にするための憲法改悪は許してはならない、これがいま明治１５０年の今日における喫緊の課題です。まだ戦争をしていた時期のほうが長いのですが、第４次安倍政権のもとで憲法が変えられることをどうしても阻止しなければならないと思います。

私と夏目漱石研究

私は最初から夏目漱石を専門に研究しようとしたわけではありません。むしろ、私が日本近代文学を研究している学生時代には、一番やりたくなかったのが漱石だったとも言えます。

私は日本語のできない少年でした。高校生の国語の成績は2でした。その実情は、角川文庫の、『コモリくん、ニホン語に出会う』を読んでいただけると一部始終が分かるようになっています。

私は、１９６１年から65年にかけての5年間（小学校2年から6年）、父親の仕事の関係でチェコスロバキア（当時）の首都プラハで生活していました。そこでは、在プラハソ連大使館付属八年制普通学校というところに通い、ずっとロシア語で勉強していました。それで、帰国した私は、日本語に相当苦労しました。

大学は北海道大学ですが、本来ならロシア史をやるために入ったのです。当時はベトナム戦争でベトナムが勝利した直後で、大国の世界史ではなく小国の世界史を見直そうというので、歴史学科に人気が集まっていました。しかも私は、学生運動にかかわってビラと立て看とアジテーションの日々になってしまっていて大学の成績が悪かったので、第7志望の国文科に行くことになりました。そこで、ロシア語しか特技のない人間が国文科で何ができるのかといったら、二葉亭四迷のロシア文学の翻訳小説「あひゞき」や「めぐりあひ」「片恋」などの分析でしたから、それをテーマにしたのです。ですから、漱石は最初からやる気はなかったのですが、それをやることになったのはなぜか、それは、『コモリくん、ニホン語に出会う』や『13歳からの夏目漱石』（かもがわ出版）に譲ります。

ただ、ここで述べてきたような漱石の思想的側面の研究については、少し触れておかなければなりません。日本国憲法、とりわけ9条が危機的な状況になった2004年6月10日に「九条の会」のアピールが発表され、私はその事務局長を担うことになりました。それで全国各地で講演をする羽目になったのですが、2005年は漱石が小説を発表し始めてちょうど100年目に当たることもあり、日露戦争が激しくなるなかで小説家としての歩みを始めたことを強く意識するようになりました。それで、明治という時代に漱石がどのように向かい合ってきたのか、漱石のすべての小説を読み直すという営みを続けることになりました。その成果が、本書にも反映しているのです。

漱石の思想はどのように形成されたのか

漱石が生きた時代は、戊辰戦争、西南戦争、日清戦争、日露戦争、第一次世界大戦と、まさに「戦争の時代」であり、徴兵制をはじめ「軍国主義」に向かう時代でした。それに対し漱石は批判的な眼差しを小説のなかに書き込んできました。その思想は、いつ形成されていったのでしょうか。

漱石夏目金之助は、1900年5月、文部省より英語教育法研究のため（英文学の研究ではなく）、英国留学を命じられ、ロンドンに留学しました。そこで彼が見たものは、大英帝国の末路なのです。それまで、19世紀においてイギリスは産業革命の最先端を走り、海軍力で世界を支配していました。しかし、普仏戦争に勝利したドイツ帝国は、軍事的な技術革新をすすめ、強制徴兵制に基づく「軍国主義」を確立し、イギリスを凌駕するに至りました。その他の列強も勢力を伸ばし、イギリスは結果的に1902年、東洋の帝国主義国日本と軍事同盟である日英同盟を結ばなくてはならなくなりました。それは、ヴィクトリア女王時代の「光栄ある孤立」の転換を意味しました。

そうした時代のロンドンでの留学体験が、漱石の思想形成に大きな影響を及ぼしたことは疑いありません。学習院での講演「私の個人主義」で、漱石が「自己本位」という「四字」に到達し、この言葉を得てから「大変強く」なったと述べていることは第四章で紹介した通りです。これまでの「他人本位」すなわち西洋人の人真似をやめ、自分の意見を曲げずに主張することの重要性を認識するに至りました。そして、「軍国主義」と対決する「個人の自由」こそ、「自己本位」を実現する前提だと漱石は確信するに至ったのです。

これとの関連で、漱石が満州、韓国を旅行したときの旅先で、中国人に対する優越感、差別意識を述べていることに対する疑問がだされていますので、改めて一言コメントしておきます。それは、1909（明治42）年9月2日から10月14日まで満州・朝鮮を旅行したときの紀行文で、『満韓ところどころ』として朝日新聞に掲載されたものです。その疑問はある意味当然で、中国に対して、自分たちの帝国のほうが文明開化していて、生活レベルもぜんぜん違うと意識していたというのは、当時の日本国民の一般的な植民地主義的な意識でした。漱石もまた、そうした意識からすべて免れていたわけではありません。

しかし、第一章で詳述した通り、漱石には、満州での植民地経営とそれに伴う帝国主義的なやり方に対する批判的な考えがあったと私は考えています。当時の検閲上、その批判を正面からは言えないけど、新聞報道と結びつけつつ小説に書き込んでいったのです。新聞小説家としての漱石夏目金之助の面目躍如たるものがあります。

大日本帝国は、大英帝国と日英同盟を結んでいたために、ドイツに宣戦布告し、第一次世界大戦に参戦します。しかし、大英帝国の末路を目の当たりにした漱石は、日本も同じような方向でいったら、その二の舞になるのではないか、と感じ取ったのではないでしょうか。それは、漱石が亡くなって29年経った後の1945年8月15日に実証されるわけですが、見通しはきわめて正しかったと言わなければなりません。世界史的に資本主義の末路を大英帝国に見てとって、そういう目で自分の国大日本帝国を見続け、その認識を小説にしたというところに、漱石の批判精神の真骨頂があったのです。「安倍改憲」が問われる今日、そのことを肝に銘ずるべきだと、私は思います。

あとがき

漱石夏目金之助に道案内をつとめてもらった旅も、まもなく目的地に着きそうです。この世を去る年に、漱石が『点頭録』で看破した「強制徴兵制」と「個人の自由」の根源的対立は、現在のこの国において、憲法9条とりわけ2項をなきものにしようとする改憲勢力と、9条をいかして平和を守り抜こうとする多くの主権者との、真向からのせめぎ合いになっています。

しかし、明治維新150年の年に、かつて安重根にハルビンで襲われた伊藤博文がロシアとの密約を結んで大日本帝国の植民地とした韓半島において、大きな変化がおきています。

平昌冬季オリンピックを契機に、南北の対話が一気に進み、4月に歴史的な南北首脳会談が、朝鮮戦争の休戦協定の場である板門店で開催され、韓国の仲立ちで6月にはアメリカのトランプ大統領と北朝鮮の金正恩委員長との米朝首脳会談が実現しました。

そもそも韓半島が第二次世界大戦後南北に分断された主要な原因は、大日本帝国の植民地的軍事支配体制にありました。天皇制を存続させるためにポツダム宣言の受諾を拒みつづけたがために、1945年8月9日ソ連が参戦することになり、北からソ連軍が入り、南はアメリカ軍が「解放」するという形で、戦後冷戦体制のなかでの分断国家にさせられたのです。

さらにそれが、ヨーロッパにおける東西冷戦が、アジアにおいては南北熱戦となり、1949年10月1日に中華人民共和国が建国された後、1950年6月25日に「朝鮮戦争」が始まり、南北分断が軍事衝突になり、1953年7月に休戦協定を結んだだけで、現在に至っているのです。日本の再軍備、「自衛隊」という組織の発生も、「朝鮮戦争」を背景とし、この戦争のただなかで旧日米安全保障条約も結ばれたのです。

この長い分断の歴史に、独裁政治を市民と野党の共闘で止めさせ、民主的な政権を「キャンドル革命」で実現した韓国の政権が終止符を打つために動き出し、現在にいたっているのです。

実は今こそ憲法9条、とりわけ2項を持つ、日本の出番のはずなのです。「陸海空軍その他の戦力は、これを保持しない。国の交戦権は、これを認めない」という条文が、韓半島の南北で共有されたなら、もはや日米安全保障条約は必要なくなるのです。この間その必要性と強化が言われたのは「北の脅威」があおられたからです。

しかし、今の安倍政権は、こうした動きに逆行するだけの役割しか果たしていません。日本においても、市民と野党の共同で、憲法9条を本当に実現していく政府をつくることで、この東アジアの新しい歴史を形成するために、私たちの運動を広げていきましょう。

夏目漱石　略年表

年	漱石をめぐるできごと	社会背景など
一八六七（慶応3）	二月九日（旧暦一月五日）、江戸牛込馬場下横町（現在の新宿区喜久井町）で生まれる。父夏目小兵衛直克、母千枝の五男末子。命名金之助。	大政奉還上表 王政復古の大号令
一八六八（明治元）	塩原昌之助の養子となり、内藤新宿北町の塩原家に引き取られた。	戊辰戦争（〜69年）、五箇条の御誓文 東京遷都（69年）
一八七〇（明治3）	四月、種痘令の布告により種痘を受けるが、それがもとで疱瘡になり、終生あばたに悩むことになる。	廃藩置県（71年）
一八七二（明治5）	養家の長男に登録される。（戸籍法実施のため）	富岡製糸場開業『学問のすすめ』 学制公布、太陽暦採用（72年）
一八七四（明治7）	十二月、公立戸田学校下等小学第八級に入学。	徴兵令、地租改正令（73年）
一八七六（明治9）	養父母が離縁。塩原姓のまま実家に戻る。公立市谷学校下等小学第四級に転入。	西南戦争、東京大学設立（77年）
一八七九（明治12）	東京府立第一中学校入学。	
一八八一（明治14）	一月、実母千枝死去（55歳）。中学を中退し、麹町の漢学塾二松学舎へ入る。	国会開設の勅諭 独墺伊三国同盟（82年）
一八八三（明治16）	大学予備門受験のため、神田駿河台の成立学舎に入学、英語を学ぶ。	
一八八四（明治17）	九月、大学予備門予科入学。	
一八八六（明治19）	四月、大学予備門が第一高等中学に改称。腹膜炎を患い留年。以降、卒業まで首席。自活を決意し、本所の江東義塾の教師となり、寄宿舎生活を始める。	帝国大学令
一八八八（明治21）	一月、夏目家へ復籍。 七月、第一高等中学校を卒業。 九月、第一高等中学校本科一部（文科）に進学。	

一八八九（明治22）	正岡子規と知り合い、子規の詩文集『七艸集』を漢文で批評、九編の七言絶句を添え、初めて漱石の号を用いた。	大日本帝国憲法発布
一八九〇（明治23）	七月、第一高等中学校本科一部卒業。 九月、東京帝国大学文科大学英文科入学。厭世主義に陥る。	第1回帝国議会開会 教育勅語
一八九二（明治25）	四月、徴兵を避けるため、分家届を出し、北海道の岩内に移籍。 五月、東京専門学校（現早大）講師となる。 八月、子規の紹介で高浜虚子と知り合う。	
一八九三（明治26）	七月、東京帝国大学卒業。大学院に進学。 十月、東京高等師範学校英語教師となる。	
一八九四（明治27）	神経衰弱に苦しむ。鎌倉円覚寺で参禅。	日清戦争
一八九五（明治28）	四月、愛媛県尋常中学校（松山中学）に赴任。 八月、日清戦争従軍中の子規が喀血して帰国、漱石の下宿に住む。	下関条約調印、三国干渉
一八九六（明治29）	四月、熊本の第五高等学校に赴任。 六月、中根鏡子と結婚。	
一八九七（明治30）	六月、実父直克死去（80歳）。	
一九〇〇（明治33）	五月、文部省第一回給費留学生として2年間のイギリス留学を命ぜられる。九月横浜より出航。	北清事変（義和団事件） 治安警察法
一九〇一（明治34）	孤独感などから神経衰弱に陥る。	八幡製鉄所操業開始
一九〇二（明治35）	九月、神経衰弱が強まる。帰国直前、高浜虚子の知らせで子規の死を知る。十二月出港。	日英同盟
一九〇三（明治36）	一月、帰国。 四月、東京帝国大学英文科講師及び第一高等学校講師に就任。	国定教科書制度成立
一九〇四（明治37）	九月、帝国大学で「文学論」を開講。 十二月、「吾輩は猫である」（第1回）執筆。	日露戦争

一九〇五（明治38）	一月、『ホトトギス』に「吾輩は猫である」を発表。 同月、「倫敦塔」発表（『帝國文學』）。 十月、単行本『吾輩は猫である』刊行。	ポーツマス講和条約調印 日比谷焼き打ち事件
一九〇六（明治39）	四月、「坊っちゃん」発表（『ホトトギス』）。 九月、「草枕」発表（『新小説』）。 十月、木曜会発足。 十一月、『吾輩は猫である・中篇』刊行。	南満州鉄道株式会社（満鉄）設立
一九〇七（明治40）	三月、大学・高校を退職。 四月、朝日新聞入社。 五月、『吾輩は猫である・下篇』刊行。 六月より『虞美人草』連載（『朝日新聞』）。 ※以降の連載は『朝日新聞』	英仏露三国協商 義務教育が6年になる
一九〇八（明治41）	一月、単行本『虞美人草』刊行。『坑夫』連載。 七・八月、『夢十夜』連載。 九月より『三四郎』連載。	
一九〇九（明治42）	養父塩原昌之助に金を無心され、秋頃まで煩わされる。 六月、『それから』連載。 十一月、漱石を主宰とする朝日新聞文芸欄創設。	伊藤博文射殺
一九一〇（明治43）	三月より『門』連載。 六月、胃潰瘍で入院。 八月、伊豆修善寺温泉で療養中、危篤状態に陥る（修善寺の大患）。	大逆事件 韓国併合（寺内正毅初代総督）
	二月、文部省からの博士号授与を固辞。 八月、講演「現代日本の開化」「文芸と道徳」。	辛亥革命 関税自主権確立（不平等条約解消）

一九一一（明治44）	九月、痔に罹り手術。	
一九一二（明治45）（大正元）	一月より『彼岸過迄』連載。 九月、痔の再手術。 十二月より『行人』連載。	中華民国成立 7月30日　大正に改元 乃木希典殉死（9月13日）
一九一三（大正2）	一月ごろから神経衰弱再発。 三月、胃潰瘍再発し病臥。『行人』の連載を中断。 四月より『こころ』連載。	桂内閣総辞職（大正政変）
一九一四（大正3）	六月、北海道岩内から本籍を戻す。 九月、胃潰瘍再発。自装本『こころ』刊行。 十一月、講演「私の個人主義」。	第一次世界大戦参戦
一九一五（大正4）	一月よりエッセイ『硝子戸の中』連載。 六月より『道草』連載。 十二月、芥川龍之介、久米正雄が木曜会に参加。	
一九一六（大正5）	一月、リューマチに悩まされ湯河原温泉で療養。 四月、糖尿病治療に入る。 五月より『明暗』連載（未完・絶筆）。 十一月、木曜会で「則天去私」について語る。 胃潰瘍の病状悪化で病臥。 十二月九日死去。享年四十九。	

小森　陽一（こもり・よういち）
1953年、東京生まれ。東京大学大学院教授、専攻は日本近代文学、夏目漱石研究者。「九条の会」事務局長。著書に、『世紀末の予言者・夏目漱石』(講談社)『漱石論　21世紀を生き抜くために』(岩波書店)『漱石を読みなおす』(岩波現代文庫)『子規と漱石ー友情が育んだ写実の近代』(集英社新書)『夏目漱石、現代を語る　漱石社会評論集』(編著、角川新書)『小森陽一、ニホン語に出会う』(大修館書店)『ことばの力 平和の力ー近代日本文学と日本国憲法』『13歳からの夏目漱石』(かもがわ出版) など多数。

協力　株式会社 たびせん・つなぐ
http://www.tabisen-tsunagu.com

装丁　加門啓子

戦争の時代と夏目漱石―明治維新150年に当たって

2018年12月20日　第1刷発行

発行者　　竹村正治
発行所　　株式会社かもがわ出版
〒602-8119　京都市上京区堀川通出水西入
TEL075-432-2868　FAX075-432-2869
振替 01010-5-12436
ホームページ http://www.kamogawa.co.jp
製作　新日本プロセス株式会社
印刷　シナノ書籍印刷株式会社

ISBN978-4-7803-0998-0　C0095